丘山 著

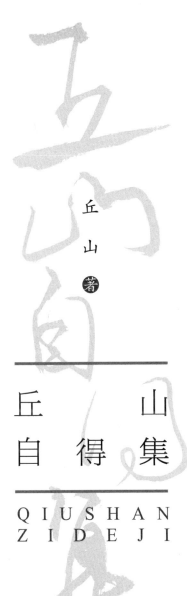

丘山
自得集

QIUSHAN
ZIDEJI

北京理工大学出版社
BEIJING INSTITUTE OF TECHNOLOGY PRESS

版权专有　侵权必究

图书在版编目（CIP）数据

丘山自得集 / 丘山著 . —北京：北京理工大学出版社，2022.9
ISBN 978-7-5763-1696-4

Ⅰ. ①丘… Ⅱ. ①丘… Ⅲ. ①诗集 - 中国 - 当代②散文集 - 中国 - 当代 Ⅳ. ①I217.2

中国版本图书馆CIP数据核字（2022）第168721号

出版发行 / 北京理工大学出版社有限责任公司
社　　址 / 北京市海淀区中关村南大街5号
邮　　编 / 100081
电　　话 /（010）68914775（办公室）
　　　　　（010）82562903（教材售后服务热线）
　　　　　（010）68944723（其他图书服务热线）
网　　址 / http：//www.bitpress.com.cn
经　　销 / 全国各地新华书店
印　　刷 / 三河市华骏印务包装有限公司
开　　本 / 710毫米×1000毫米　1/16
印　　张 / 11
彩　　插 / 11
字　　数 / 118千字
版　　次 / 2022年9月第1版　2022年9月第1次印刷
定　　价 / 66.00元

责任编辑 / 吴　博
文案编辑 / 李丁一
责任校对 / 周瑞红
责任印制 / 李志强

图书出现印装质量问题，请拨打售后服务热线，本社负责调换

自序 PREFACE

周敦颐于《通书·文辞》中云：文所以载道也。郭沫若解释说，就是通过写文章来表达思想。然而对于自然科学而言，也可以认为是通过写文章来描述自然现象、阐明内在规律。因此看来，对文字表达能力的锤炼推敲，无论从事何种行业和学科都是非常必要的。

受同事启发，此次将以往所谓感怀抚事的一些随笔整理成集，一方面"以示同侪、可博一笑"；另一方面也是受老师教诲和工作习惯影响，将已完成的工作定期整理打结，虽然这些只是调节身心的"副产品"。

集称自得，不是自鸣得意，而是"君子深造之以道，欲其自得之也"，是青少年时起的书房之名。格律诗的规则烦琐、禁忌颇多，自己涂鸦之际也重言志而轻和声，因此也只是略具韵律而已；而所谓散文大都是或假期或暇日的随笔记录，难免水准不一。承蒙几位好友的持续鼓励得以成书，还请诸位读者雅正。

作者　于自得斋

2021年11月13日

目录 CONTENTS

PART 01

感怀 / 003

绝句 / 004

过三峡 / 005

乌衣巷 / 006

栈道怀古 / 007

咏天池 / 008

诗酒偈 / 009

国学八狂歌 / 010

无题 / 011

行路难 / 012

新年夜 / 013

纪宫二 / 014

绝句 / 015

早春 / 016

中山陵 / 017

网师园 / 018

夏末泛西湖 / 019

镜泊湖 / 020

对王黄州残句 / 021

悼章鱼保罗 / 022

经白浮故迹 / 023

绸缪 / 024

宁远卫 / 025

山海关 / 026

秋思 / 027

落樱 / 028

司马台 / 029

调笑令·莲蓬 / 030

拟行路难 / 031

步韵和陈寅恪忆故居 / 032

丙申雨水偶得 / 033

双城记 / 034

题中山门 / 035

登黄鹤楼 / 036

汉江抒怀 / 037

登震旦楼 / 038

日暮 / 039

德和馆 / 040

秋雨 / 041

实习作 / 042

PART 02

浮光津门 / 045

如来云岗 / 051

夏至夏村 / 056

一路向北 / 061

西游西夏 / 066

长白长相思 / 069

波凝三峡 / 074

惯看江楼 / 078

波色之美 / 084

惊梦三千里 / 088

西被流沙 / 095

大壑移民 / 102

路过之地 / 107

天路仙那多 / 113

飞度镜湖 / 118

兰若潭柘 / 122

南北明陵 / 125

潺潺瑰柏翠 / 129

江南三记 / 134

长夜未央 / 141

花样花府 / 147

荔港小镇 / 152

俱生烦恼 / 158

安心竟处 / 163

诗

感怀

银杏沙沙绿复黄，

蝉声如雨急且长。

一梦十年犹不醒，

夜临三教见赧郎。

绝句

烟雨寻春踏浪声,

小楼遥望天际平。

谁人踯躅谁人住,

默对波心待月明。

过三峡

波凝三峡影，

日暮一江平。

往昔湍流险，

辗转化电能。

移民少鱼踪，

兴航无猿鸣。

利弊纷纭论，

功过后人评。

乌衣巷

桨声灯影忆秦淮，

王谢风流成尘埃。

偏安不思北顾计，

乌衣巷口空徘徊。

栈道怀古

碧山削古道,

红寺映玄晖。

悬梯三百丈,

访客去复回。

不解离尘味,

清宵梦峨眉。

霜露入衣晚,

禅师归不归?

咏天池

千里长白山,

天池云海间。

曲径逐峰转,

朔风透体寒。

女真祭萨满,

汉人称不咸。

盈盈一池水,

何故分两边。

诗酒偈

一灯一经了挂碍，

一诗一酒也开怀。

一灭一起因缘法，

一沙一尘总如来。

国学八狂歌

太炎清狂斥载湉，三年拘幽疯癫传，
书生论政迂阔谈。鸿铭特立独留辫，
温良卫道无赧颜。季刚爱憎挺文言，
经史黄调换解馋，天命各著妒其贤。
曼殊脱略孤山眠，无端哭笑坐蒲团。
独秀狷急长论辩，主将德赛新青年。
静安词话境非凡，惜哉昆明湖底浅。
适之荷戟勇向前，杂学旁骛著作监，
红楼考据只等闲。迅哥横眉爱故园，
刀丛小诗朋辈看，肝胆照人度嫩寒。

无题

惘然身处热寂中，

受想行识俱色空。

胸有惊雷发不得，

转身浊世泯然同。

行路难

三四五六绕环走,

年月周日难停休。

问君奔波何如此,

惟愿考勤画对勾。

草根劳劳忙似狗,

楼市闲闲价如牛。

穷游行吟创业梦,

跌落凡间似水流。

新年夜

凭楼依稀观山海，

簇簇烟花一线开。

春风袭人不能语，

素手调醯逐梦来。

纪宫二

燃发青烟淡,

余烬金匣传。

江湖风波起,

关山泣血寒。

快意恩仇泯,

拱手致拳拳。

君心不解问,

叶落更无言。

绝句

雨霁烟净楚天阔,

书合卷掩忆古国。

前人若知身后事,

忍将干戈化玉帛。

早春

小径无人草木发，

净白素粉满枝芽。

尘霾迷京冬复夏，

可怜晴日数桃花。

中山陵

紫金山麓风静寞,

松柏成荫影婆娑。

白昼不觉寒星少,

青天怎虑浮云多。

三民辗转销帝制,

一世奔波启共和。

黄花岗上一抔土,

热血碧涛岂湮没。

网师园

深巷暗影中，

网师卓不同。

山石工小巧，

亭榭错落逢。

昆曲抑扬韵，

弹词倾倒声。

名园兴废事，

谈笑和酒浓。

夏末泛西湖

谁谓西子难描画,

不须汲汲求方家。

三隄烟柳满隄客,

一湖水光半湖霞。

镜泊湖

垂云裁远树，

落日暖镜泊。

问君何所忆，

离恨生绿波。

对王黄州残句

莫惜陶然一场醉,

临泉浮白三百杯。

身后声名文集草,

眼前衣食簿书堆。

悼章鱼保罗

闻有一章鱼，

远我千万里。

八爪定输赢，

概率胜贝利。

竞技果真乎？

预测果准乎？

熙攘名利间，

我辈叹呜呼。

经白浮故迹

通惠巧思源此流,

迤逦向南不停休。

舳舻相属浑旧事,

留得浅池映早秋。

绸　缪

朝露方晞过小楼，

修然意态一枝秋。

此间风韵卿独有，

怎奈青春忆绸缪。

如来立图

宁远卫

孤城四顾草木深,

铁骑一别金鼓沉。

从来名将难兢慎,

悯忠唏嘘几人闻?

山海关

一片石畔辨东西,

百战疆场闻村笛。

雄关空负山海险,

难阻人心贪嗔迷。

秋　思

蓝岭曲曲一路秋，

绛朱深碧染晴柔。

西望素云家万里，

归思入梦寄谁收？

落　樱

西苑花色淡转浓，

飘飏无心借春风。

我怜楼外骤雨至，

明日不知樱几重。

司马台

故人西行将出塞,

送目登临司马台。

西被流沙东入海,

料敌楼下月皆白。

调笑令·莲蓬

莲蓬，莲蓬，

莲蓬摘尽秋冷。

西望北望青绿，

长城内外霾雾。

雾霾，雾霾，

愁思永夜难开。

拟行路难

君不见惊风吹箭亭，　音尘无计各西东。

君不见落日照上清，　灯火川流过小营。

君当见此起忧思，　高速不息无晦明。

须臾驱驰入昌平，　行至限速一车轻。

但有慢车压快道，　鸣笛闪灯不得行。

不须长坐复长叹，　只将调频适意听。

朝朝暮暮行复行，　唯愿京城大路平。

步韵和陈寅恪忆故居

燕山风雪出北方,

明灭星芒云海藏。

三度伶俜入惊梦,

十年憔悴慰斜阳。

洋酒无心销残醉,

寒冰不语化薄凉。

常愿明月留明日,

何如故人归故乡。

丙申雨水偶得

减肥需暴走,

做菜得养狗。

读书当旅游,

写字治貌丑。

双城记

昆玉河初解,

牡丹江未开。

春光两地远,

江气满城白。

题中山门

秣陵城头薄云流,

枝桠作笔意不休。

世事如歌墨如酒,

写尽江南几千秋。

登黄鹤楼

惯看江楼爱别离，

相思如水去无迹。

鹦鹉洲头寻不得，

轻舟远影莫相疑。

汉江抒怀

漠漠江风流波光,

粼粼带水映日长。

幽思忧乐何所望,

迷悟知觉两彷徨。

登震旦楼

何如陆家嘴，

震旦观日落。

晨昏一水间，

里外两滩阔。

迦叶拈花得，

阿难传道惑。

众生出毂法，

愚巧总关错。

日　暮

日暮红叶醉，

草低绵羊肥。

乐闻风入木，

不思莼鲈美。

德和馆

杂然藏深秀，

根木自知否？

巧匠方寸间，

雕琢万千手。

西游西夏

秋 雨

云为琵琶雨作弦,

草木摇落影翩跹。

稼轩别有清平乐,

塞北江南梦苍颜。

实习作

征尘初定黲装甲，

军号和风散晚霞。

四顾茫茫云尽处，

天涯守望如一家。

散文

浮光津门

发小儿一词儿是地道的北京话，不论民族，不拘性别，少功利，多关爱，是在学前懵懂时代一起嬉戏作祸的小伙伴们的统称。我的发小儿里有几位是天津知青扎根地方的后代，倔强地保留着津门话的显性基因，因此从小对这种简练异常嘎嘣脆的强齿音方言并不陌生。还记得我的名字总被叫成维未，一个阳平一个去声，整个满拧。可打小儿听得也没太在意，直到高中有次上政治课，那个当年的天津知青细高挑儿的张老师有次问真和假的区别，这种哲学性的提问相当让人无所适从，没人举手。我斜倚在椅子上觉得这爷们儿在跟我们学和尚打机锋，就看着他乐。结果不幸被逮到提问，只是点名时也被叫成维未，虎躯一震，如遭电击，起来定了定神，回答道：真的不是假的。这个居然正是他要的答案。

带着这些记忆，早起踏上了北京去天津的火车。现在的动车虽比以前慢了些，也只需要34分钟，比去北京市内大多地方快得多。在地下找了半天，才找到换乘的9号线，这点还是不如上海虹桥枢纽设计得清爽。出十一经路，过大光明桥，到酒店寄存行李后，在门口的海河边就发了半天呆。历史上黄河水量不稳，枯丰不定，出海口历经变迁，或淮或海，目前行山东东营大清河水道入海。与长江珠江相比，无航运条件，河沙又快速淤积形成陆地，难以形成冲积三角洲，也就难以造出属于黄河入海口的明星城市。如果算上很久以前的夺海河出海口，那么天津之于黄河，便相当于上海之于长江，广州之于珠江，只是由于这百害黄河逊色太多了。

天津别称沽，是指三面临水的陆地，比方上海的外滩。津门号称城里城外七十二沽，这实际上是因为海河的曲曲折折造就的，坏处是这也反过来造就了天津街市的曲曲折折，来到这里后方位感极差，出租车师傅告诉说："尼了介么瞎霸沘肯定崴泥。"实际上只能沿着河道儿记道，所幸没有自驾过来找路。在利顺德码头处，这段海河还算平直，万里碧空如洗，一幕波光涟涟，恬淡地映带着左右两畔的大厦洋楼。

天津卫真正的洋楼，都聚集在西边的五大道历史文化街区。五大道分别是重庆道、常德道、大理道、睦南道和马场道。这里汇集了与英法德意诸国风格似是而非的数百座洋楼，当年的土豪们仰慕西方文明却不懂西方建筑，草草看过人家的房子记下了模样后就率性增减、任意发挥，做出了如今的哥特式巴洛克式文艺复兴式浪漫主义式中国园林式等等夹杂掺混的大杂烩。直到今天，翻建国外建筑甚至城镇仍然是我们这个从农业社会一步踏入后现代社会国家的行为艺术之一，譬如五矿集团就把奥地利哈尔施塔特（Hallstadt）小镇的每个细节，包括木质阳台的每块木板的样式，整个浪儿搬到了惠州。

一路不辨东西南北地走来，在烟台路找了家绿豆面的煎饼馃子铺垫补了一下。门口趁热尝的时候，这大姐还笑呵呵地不住问味道豪嘛，恁们样？嘿嘿。形形色色的洋楼早无昔日政要富商的痕迹，或作会馆，或开公司，或作公用，或作民宅，不变的是路过洋楼的百姓，依旧溜溜达达不慌不忙，洋楼高不过三层，远没有高楼大厦钢筋水泥的丛林之感。

转过了花木深深的张自忠和顾维钧的旧宅，瞧见了隐藏在成都道里的桂园餐厅，它在网上现在俨然已经成了津门菜第一店。见当时时间还早，就去刚修缮一新的民园里转了转，刚巧赶上COSPLAY的一个什么大会，只见得身边走过种种装束怪异穿戴五颜六色头发和各朝各代服饰的各路神仙妖怪，于是转身去旁边民园西里的小资摊儿上看了许久后，直奔桂园而去。挤进柜台人群，被那个和气的小老板排到33号，还和我解释，等两个小时星不？见旁边刚好有个候位座儿腾出来，就坐在那里睡了下来。恍惚间人来人往，做了两个吵架的梦后，被领到座位点了黑蒜子炒牛肉粒和酱爆圆白菜。刀工犀利，菜品过甜，不论荤素。

坐西朝东的天后宫，在津门故里的古文化街深处，据说是我国三大天后宫之一，其实也就是供妈祖林默的庙。自元代定都北京以来，天津开始因漕运而盛。门口树有两爿百尺高幡，数百年间俯视着往来津门百舸千帆济运通航的景象，也倾听过海河床头上无数船工苦力跪拜祈福的呢喃之声。漕运制度从秦汉绵延至清光绪二十七年（1901年），有河运、海运和水陆递运三种形式，调运皇粮以供大内百官和军饷民食之用。天津作为渤海、运河和黄河入海古道汇集之处地理上得天独厚，人才尤其是从明清到民国以降也是彬彬济济，周总理自不必说，天后宫诗词墙上这首诗的作者叶迪生，也是理工文艺男的楷模。

心随慈德在重洋，

沧海茫茫是故乡。

万片渔帆知浪静，

一弯明月照归航。

面壁驻足良久，能够感觉得到一个老男人的深沉情怀。何处才是故乡？现代交通便给，人才流动频繁，天津人也不再是土生土长的才是，只要在这里存在过生活过奋斗过，并且惦念热爱这里留下痕迹的人们，都算得是现在的天津人罢。

若论天津土著，童年最佩服霍元甲，后来是喜欢马三立冯巩郭德纲；文化人里最让人惦念的则是梁启超和李叔同，刚好任公的饮冰室和法师的进士第也不大远。但时间所限，直奔李叔同的故居。门口进士第的匾额是李鸿章的字。李鸿章是李叔同父亲的同年，据说相交莫逆。进得故居后见一片小小假山池沼，水流从一条简简单单倚石的水管间喷泻而下，不知怎么想起来当年读书时老师讲的日本俳句的意境：空寂冲逸，无上清凉。

在出家前李叔同便以才名显，新文化运动间引入油画话剧钢琴等，在近代文艺诸多领域无不涉及，中年后取号弘一，自此一洗铅华，以教印心，以律严身，终了一生。在故居里，夕阳山外山的送别之音缕缕不绝，其实他的才情远不止此，时值暑夏，这首《清凉》歌词深得我心，妙法无穷。

清凉月，月到天心，光明殊皎洁。
今唱清凉歌，心地光明一笑呵。

清凉风，凉风解愠，暑气已无踪。
今唱清凉歌，热恼消除万物和。

清凉水，清水一渠，涤荡诸污秽。
今唱清凉歌，身心无垢乐如何。

清凉！清凉！无上究竟真常。

晚上行走于津门的洋楼街道之间，更有魔幻迷离的不现实之感，比如赤峰路上的瓷房子，张连志四年打磨，把一座法式洋楼变成一座陶瓷宫殿，只是晚上光线黯淡，满墙满门的瓷猫和瓷瓶儿路灯下泛着不真实的光线，折射出天津人的情怀和执著。出发之前，就听说如今的津湾广场夜景极美，从宾馆踱步至火车站对岸，一弯新月下海河浮光跃金，静悄悄地映照着不同时空中悲欣交集的你和我。

在天津，上山下乡之际，十数万人从海河之滨，奔赴北大荒屯垦戍边。在带来了大量的人力资源的同时，也带来了大城市的文明和观念。很多本地原住民养成了洗脚洗澡刮胡子的卫生习惯，知道了篮球排球看电影是怎么回事，见识到了化肥农药在种地时会有怎样的奇效。对无数稚嫩的知青而言，在被命运推向茫茫未知的时候，生活的磨砺带给他们坚韧不拔的品性，则伴随着或返城或留守知青们走过人生的一道道坎坷沟壑；伴着他们度过那个年代的，或许还有载着淡淡乡愁的这条弯弯的小河。

如来云岗

夙夜难寐的时候,各位会做什么事情?是看英剧美剧各种剧,还是逛天涯知乎豆瓣猫扑;是夜读藏书练功夫,还是看论文做题写报告,当然也大可以半夜起来切土豆丝练刀工。在《花儿与少年》里,说郑佩佩每天抄经时是有光的,于是最近的夜里,开始抄金刚经,藉此安禅以制毒龙。在抄写的时候,开始时觉得须菩提祖师和世尊如来说话好啰嗦,但慢慢读写,也就有了一点点感悟。

执着,或者说执著,是个佛教词汇,现在多用于夸人,本来却是贬义,和当年明月所说的一根筋和二杆子本无二致。意思是说,一般人心里有事儿放不下,所以无法解脱。比如以释治心的白居易就曾写过:"凡夫无明,二乘执著。"这里的无明和执著说的就是解脱的桎梏,可解脱和主流价值观里的立德立功立言似乎南辕北辙。不信你看，执着的人如果不是疯子，一般就是天才，属于比较容易成事的那种人，因为常人这也放不下那也放不下，这些天才则不然，当断则断，矢志不渝地认死理。但人前显贵的同时，往往是内心的折磨与挣扎。君不见朝堂诸君如履薄冰，至尊卧榻之上利刃高悬。在这点上，老庄早有见地，一贯地认为智者虑而巧者劳。这种绝圣弃智的说法看起来像是反智主义，那么尊崇圣贤本身其实便是有所执，所以不止一代的读书人发出了人生识字忧患始的感叹，那么，我等庸庸世人到底该怎么办呢？

　　解答这一问题，靠一个人有限的现世的知识和智慧的确不足，好在前人累积数世的好些智慧并不难寻觅，尤其在时下这个资讯发达远超以往的时代，它们就在书本的微言大义里，在画卷的山水禅意间，以及久远遗迹的沉沙风蚀之中。反正总是若识自心见性，皆成佛道。在禅宗公案里开悟的形式五花八门，有看桃花怒放的，有听飞石击竿的，有碰痛鼻子的，有摔碎杯子的，反正要么一句话要么一个动作就突然悟了，善哉善哉！自北京向北出京藏高速七百余里，在大同西郊武周山北崖，就有这样一个可能开悟的好所在。

　　自释迦牟尼35岁开悟以来，于人世间得离苦得乐之法而了无挂碍，并立法门以传道。但早期无文字而靠口口相传，为免讹误，僧众集结以审定教法。据说第三次集结后开始传播至称为与那世界的汉地。与本土道教相比，佛教显示了极强的渗透力和精神统治力，自东汉至南北朝而隋唐，数度辉煌而数被抑制，三武一宗的四次灭佛也从反面上说明了这一点。北魏年间已定都如今大同的太武帝拓跋焘，虽遵崔浩之议大力弹压沙门，但后来诸帝旋即崇佛兴教，文成帝时更有昙耀在桑干河畔的武周山旁始开窟五所，还顺便幽默地给太武帝也塑了个像，而后数十万匠师凿洞立像，将莘莘诸佛于整座石山中找了出来，直至孝文帝迁都洛阳将主阵地转到龙门石窟后才渐渐平歇。

《笑傲江湖》里，冲虚告诉令狐冲说，北魏道武帝将兵自中山归大同时，令数万兵卒开恒岭，以说明权势于人的诱惑和本身的力量。在五胡乱华的年代，滥用民力以奢靡供佛，借之摧毁汉人既有礼乐教化，以找寻胡人统治的合法性。所以说，宗教，本非宗教，是名宗教啊。不论佛陀三清，还是夫子耶稣，无非是对世间之万事万物看得通达彻透而已，还有在此基础之上的随心所欲不逾矩。不必执拗，不要执着。

四大石窟各具特色，云冈石窟规模恢宏，雕刻精细，构图优美。从东到西转来转去看不足，最爱的却是头顶上这些飞天浮雕。经1500余年不可抗拒的风化水蚀和居心叵测的斧凿刀削后，这里犹然是美术史上的琳琅宝藏。前几日睡不着时在公开课上听完了朱青生老师的艺术史，说西方近代艺术的兴起与终结，以现代中国的角度来看所谓艺术，抑扬顿挫地剖丝剥茧吟咏哦噫，说是上课毋宁说是在朗诵。现代世界艺术讲的主要是西方艺术，对非洲伊斯兰和遥远东方鲜有涉及，而远在中国千年以前，便已有了跨越文化的交流和接触。在这里，鲜卑人统治下，胡汉工匠将犍陀罗艺术与汉地从秦汉现实主义到隋唐浪漫主义渐次实现了伟大的融合。

与乐山大佛的威仪无端和大足石刻的清秀婀娜相比，这里的造像似乎有着鲜卑胡人的影子。从《天龙八部》里慕容复王语嫣的长相看来是俊美异常的,《楚辞》里说的"滂心绰态,姣丽诗只。小腰秀颈,若鲜卑只",也不知是不是说这个事情。眼前这尊金身法相俊美庄严之外还略带喜感,不知着的是如来三十二相的哪一相?如果你来云冈,可以来鉴赏一下是不是大名鼎鼎的如来神掌。

大同又南行200余里,有一处供奉两颗佛牙舍利的辽代浮屠,全称叫作佛宫寺释迦塔,也就是所谓的应县木塔。大同府在历史上汉人执政时期往往是边关重镇,凭借长城关塞与宣化府并为拱卫疆土的双子星座。农耕文明对抗游牧民族天生就有机动性的巨大劣势,所以也只能利用地利天时来筑墙建城,只是偶尔在国运昌盛时会出现勇武强梁的皇帝御驾亲征,率领汉人骑兵北伐草原大漠。比如像李世民一样夺位而雄才大略的明成祖永乐帝朱棣,也比如游龙戏凤真性情的明武宗正德帝朱厚照,在大胜后都会驻跸于此。你看,上面的"峻极神功"就是永乐帝的字,而"天下奇观"则是正德帝的。另外,此塔在拍摄电视剧《西游记》第91集"金平府元夜观灯 玄英洞唐僧供状"的时候,唐三藏就是在此从下而上扫塔的。

现在的木塔只允许进到一楼看看了,不知以后还能不能再进去。就像悬空寺一样,当年还能细细赏玩,现在人多得也没有机会再细看了,以后怕是也不让登楼了。一个一个辉煌建筑早已没了实用功能,沦为游客咔嚓咔嚓的背景。在这点日本人的做法,在有些古建筑上是值得参考的,不过恐怕也是因为岛国多雨潮湿的不得已:日本人对传统木建筑经常大修甚至解体重构,比如宇治平等院的凤凰堂,以及奈良药师寺东塔。

木塔西侧，就着金灿灿的夕阳，孤单单的石雕卧马伴着石碑，面目模糊得像斯芬克斯脸上的流光，流光里像在滔滔不绝地讲着鲜卑拓跋家和明朝朱家，以及现在以往的种种王霸雄图，所有这些到底还是归于尘土，归于泡影，不信你听罗大佑的《东风》：

东风，水波明，只骤然来得匆匆，

来不及抓紧你的背影。

震痛，前世情，

呼你一声，唤你一声，唱你一声，为你一阵悲。

天空，云初晴，只在这圜宇之中，

可不能让你变成泡影……

夏至夏村

  睡意一波又一波地向我的意识铺天盖地地拍将过来,坐在蒸笼一般的大排量讴歌车里,顶着夏至正午热辣辣的阳光,我努力睁着眼睛却昏昏欲睡。旁边驾驶座上古道热肠的冷老师带我跑了整整两天,采购和挑拣入住这里的基本生活用品,已经记不得是第几次白手起家了,差别只是这次有点儿远。恍惚间像回到越洋的航班上,左边坐了一位移居美国对什么都好奇的衣姓老太太,右边是一位端着树鼩生物学专著的老师,我们还在迷迷糊糊地聊着猴子和人和达尔文和电池和汽车的关系,然后突然就进了华盛顿的海关。出关时在长长的蛇形队里排了良久,心焦怕赶不上转机的航班,结果领了行李后还要再安检,又是排队搜身,然后再排队登上一个小小的涡扇发动机的支线客机……再然后一个刹车醒了过来,昼夜颠倒后总是分不清现实和虚幻,果

夏至夏村

然是行程左右万里，时差却只是相差一天。想起当年看到《环球八十天》里越过日期变更线，逆时针绕着地球跑就会赚出一天，那么每天如果跑一圈会不会长生……又一个刹车醒了过来，到家了，掂着一车东西进到大门口贴了一张黑猫照片的家里。

横贯南北绵亘万里的阿巴拉契亚山脉以东，直到烟波浩渺沉默辽广的大西洋东海岸之间，是星条旗上十三建国殖民地的大致范围。所谓夏村，就在中间葱葱郁郁蓝岭山麓之侧的弗吉尼亚中部，这里也是杰斐逊念兹在兹的家乡。此地地阔人稀，和雅深秀，因此自是不乏崇山峻岭、茂林修竹。杰斐逊不仅参与缔造了这个其兴尤勃的合众国，也创建了这一所素具盛名的常春藤大学，来这里的第一天，就是从这样的林间小道穿行而去的。

近现代大学起源于欧洲中世纪的基督教会，主要职能本是传承西罗马帝国文明号称"七艺"的算术、几何、天文、音乐、语法、修辞和辩论这些已有知识，大学具有高度自治权。彼时学生们由于通用拉丁语，没有国籍限制。现代讲究教研相长的大学，则由威廉·冯·洪堡创建的柏林大学开一代先河，大学职能转为用科学研究增扩人类知识和培养科学工作者。然而对于美国，诸多视为泰山北斗的大学创建之初，却根本顾不得这些，国祚甫定，精英们都来自欧陆，工业又无基础，大片的土地无人打理，知识分子极度缺乏，所以立法先在各乡县设校以培训农业知识。不料相当农家子弟一旦获得教育便一去不返，未老不还乡，所以久而久之这些名校都窝在小城，这也未必是安静才能做学问的原因。

新大陆的大学大多在一个个几乎千篇一律的小城里,或者说有了这些学校才有了这些小城。及至今天,好些乘兴而来的孩子们都会发现出国即下乡的事实,第一年的新鲜在来年就变成了混混沌沌,但所谓乡下也是车轮上的乡下,仍然是遍地汽车少见行人,公共场所夜不熄灯与空调,免费供水遍地无线网,表面看起来是一般的富庶与宁静。

虽然活跃的科研氛围和开放的学术环境力图使得天下四方英豪尽入彀中,然而实际上美国传统大学正在承受政府和网络的双重压力。一方面政府对大学资助力度大降,公立私立学费持续高涨,尽管奖助学金体系发达,但学生负债和违约都为数不少,对应的招生人数则开始下降;另一方面所谓慕课的冲击,在这种大规模网络开放课中,一门课的开发成本不过是一名私立高校学生的四年学费而已,几乎任何人都可以通过电脑和手机进行学习,一旦放在网上后,有望淘汰相当多效率不高的学校,因此恐怕也是校校自危。但我一名字大名鼎鼎的教育专家同学说,恐怕也没那么可怕,问题在于慕课的学生黏着度不高,学习起来缺乏教师指导和情感介入,难以进行知识建构。不过大势所趋,未来的大学模式必将会被互联网改造得与今日面目全非。

比如学生们对母校的认同,这与人们对故乡的认同一样潜移默化深入骨髓,在网上课堂所学的和在这里度过每时每刻的人是绝对不一样的。学校里不仅存在着青葱岁月的绸缪记忆,更有着屹立不倒的精神殿堂。这边学校的主楼清华也有一座相像的不是?作为政治家的杰斐逊恐怕尽人皆知,而多才多艺的他同时也号称是农学、园艺学、词源学、考古学、法律学、数学、古生物学等方面的专家，还是美食家、发明家、乐手；另外作为一名半职业建筑师，他极具个人特色的红砖白柱圆顶尖帽的厅堂设计，也是美国早期建筑史上的经典。有次肯尼迪总统在白宫宴请49位诺贝尔奖得主，在致辞的时候说，我觉得今晚的白宫，聚集了最多的天分和人类知识，但是要除了当年杰斐逊在这吃饭的时候。后人为这位杂学家整理出版文集共计20卷，这个号称"天资第一"的总统的一生也颇具神秘色彩，被传记作家形容为"像半透明的阴影那样闪烁不定"。

卸任后功成身退的杰斐逊，在立下连任不过两届的规矩后，归隐在家乡蒙蒂塞罗（Monticello）的这座宅子里，最终也葬于此处。开会期间偶然认识了两个年已半百的华裔——台湾来的汤姆和北京来的吉米，在会后搭一个在宾州工作的留学生帅小伙的车来到这里。临时赶得时间也没做功课，眼见等不到进厅参观团组的时间了，只好买票乘车在厅外草坪回廊间转了转。沿右侧围栏而下，目光越过黑人奴隶小屋旁的菜园和葡萄园，近旁缓坡之上白云碧草相映，远处满目林木之间云霭升腾。

如果说，平桥村满被红霞罩着的社戏台和奇趣无穷的百草园是鲁迅的乡愁，血一样的海棠红与酒一样的长江水是余光中的乡愁，那么蒙蒂塞罗这样的景象，也许便是杰弗逊的乡愁了。不禁想起前几日在天擦黑时的回家路上，常春藤大街除了偶尔飞驰而过的汽车外空无一人，四下草丛树梢里传出的阵阵昆虫的鸣吟和倏闪倏灭的萤火虫一唱一和，让我忆起故乡夏日晚间一片起起落落的十里如鼓蛙声，以及菜园里半青半红的西红柿旁，东一团西一簇紫黑油亮挂着露珠的龙葵果。

正是：

片云凝不散，遥挂望乡愁。

一路向北

举凡超大帝国的形成，需要实现其稳定统治，四通八达的交通是必要条件。当年欧洲大一统的罗马帝国时代，在东起叙利亚西至西班牙间修建了八万余公里的古公路，至今尤有"条条大路通罗马"的名言；中国在始皇帝统一列国后，次年也就是公元前220年车同轨后着手，于平坦处修建了九条宽五十步的驰道。东穷燕齐，南极吴楚，江湖之上，滨海之观毕至，路中间供皇帝出巡，另外还有辅助的直道和五尺道；而乘飞机俯瞰美国时，纵横交错的高速网更是让人印象深刻。

美国州际高速公路大致对应中国如今的国家高速公路，而州内高速对应着一级公路，以此类推。在高速公路的命名上，我们的特点是G后面一位数的，是在北京的东南西北次序辐射状的9条主干道；G后面两位数的，北南向则以北方为起点，按路线纵向由东向西奇数增序排列，而东西向以东方为起点，按路线横向由北向南偶数排列；另外还有若干环线、绕城高速以及高速联络线等。在美国，同样也是南北向为奇数，东西向为偶数，不同的是：警察多、超速多、变道少、摄像头少、收费路段少而路权意识强，一般不会完全封闭，高速路边休息区极少，且双向四车道和五车道的路居多；还有双向车道中间的隔离带绿化带极宽，一方面安全性有所提高，另一方面也便于后续扩路，更关键的是经常有或真或假的警车泊在那里。

于是乎，借助密如蛛丝的路网，在劳工节驾着赫兹（Hertz）租来上了全险的升舱"豪车"Nissan Altima，拂晓天蒙蒙亮的时候，从夏村经64转81和90，沿着仙那多（Shenandoah）的崇山峻岭，一路向北迤逦而去，直奔纽约州的水牛城布法罗（Buffalo）。

不在晨暮雾霭之间来到这里，是很难理解这里为什么叫作蓝岭的，对不对？带着一副奶奶眼镜的20世纪70年代无人能敌的乡村歌手约翰·丹佛（John Denvor），留给我们一首《带我回家，乡间小路》，据说还有人给翻译成了《我回家走国道》。里面满是这里一路西弗吉尼亚旖旎风光的描写和无尽乡愁的诉说，第一句"就像天堂一样的西弗吉尼亚"破空传来，随后蓝岭诸山、仙那多河和大山妈妈接踵而至，一唱三叹的《带我回家，乡间小路》直教哼唱着这首歌的司机们眼含热泪，可伟大的歌手是能猜到你我反应的，不信你继续听：

所有我记得的，都是她们的故事啊

矿工的情人们，一辈子也看不到海

抬眼仰望到的，是尘霾下的夜空啊

映着朦胧月光，眼中泪水滴落下来

北美大陆的五大湖区，是这片大陆的地中海，东西跨度近1 400公里，南北1 100余公里，水流自西向东，奔流入海。作为这个星球最大的淡水水域，包括苏必利尔湖（Lake Superior）、密歇根湖（Lake Michigan）、休伦湖（Lake Huron）、伊利湖（Lake Erie）、安大略湖（Lake Ontario）。这片区域是典型的温带大陆性湿润气候，夏凉爽而冬严寒，气候上的所谓大湖效应会让冬季的湖水不致冰冻，但却往往会给大湖东岸地区带来强降雪。可上个冬天，这片瀑布居然冻成冰瀑。

一路驾车来到这里之后，只见夏季的夜里的湖畔沸沸扬扬满是游客，对岸加拿大的赌场酒店沿岸密布，不知住在眼前万豪的湖景房是什么景象。轰隆水声间，穿过好多印度人挤到岸边，却影影绰绰地什么也看不清。在潮湿的空气里，长途驾驶后昏沉沉地意识到已经被蚊子问候了好多次之后，迷迷糊糊地回到了宾馆。再来，记得要赶在傍晚前。

五大湖最壮观的景象，在伊利湖和安大略湖间，印第安人称之为"雷神之水"的尼亚加拉瀑布的便是。有趣的实验室老太太芭芭拉，在行前问我去哪里度假，我说想租车去尼亚加拉（Niyajiala）瀑布，摇摇头，又说了一遍，让我写下来，然后告诉我，这个叫"乃—艾—古—如啊—发哦"瀑布。看来英语元音的用法，对非母语的人什么时候都是个问题，但对很多本地人来说，作个好拼读者（speller）是非常难的。

英国地质学家查理斯·莱尔（Charles Lyell）在1845年对这里的成因做了科学的解释，尼亚加拉河中的羊岛（Coat）将瀑布隔开两片。右侧较大的叫马蹄瀑布（Fail Horseshoe），落差56米，长约670米；左边的叫美国瀑布（Fail American），落差58米，宽320米，也有人将美国瀑布右侧的一个支流，称为"新娘面纱"瀑布（Fail Veil of the Bride）。一般的瀑布出现在地质构造活动剧烈的地区，数次强地震后逆冲或正断断层形成的地震陡坎累计出高落差，如果恰好有河流经过，就会形成气势滂沱的瀑布。然而这里却不是。五大湖本是谷地，第四纪时冰川带着泥沙俱下，刨蚀形成巨大湖盆，冰川后退后融水形成了今日的湖泊。

欣赏瀑布在美国境内，可以搭乘雾中少女号（Maid of the Mist）游船的，一百五六十年前这个旅游项目就日复一日地进行着。起这个名字，是因为当年印第安人丰收祭天时，酋长举行仪式引弓向天，箭支落下来离哪家少女近，便要她乘堆满果实的独木舟沿河直奔瀑布而下。据说瀑布蒸腾的水雾，便是少女们的化身。

安大略湖是美加的界湖，瀑步右侧的彩虹桥是美加的界桥，不置一兵一卒。上桥的小门是单向通行的，出去即是边境，就算没有入加拿大海关也要注意带护照，回来要用的。由于尼亚加拉河的流向，最佳的俯视全景观赏区域在对岸的加拿大，在美国则是在这座彩虹桥上。凭栏西望，阴沉沉的天幕下，白花花的河水舍身纵下无底深渊，端的是今古长如白练飞，三条界破青山色。久久凝视会产生失重的幻觉，满载身披蓝色雨披游客的雾中少女号游船和红色雨披的吹号手号（Hornblower）游船交替驶入水幕，仿佛在驶向天界之门。

返程时，路过了手指湖畔（Finger Lakes）的小城伊萨卡（Ithaca），同夏村一样，也拥有一座群星闪耀的名校——康奈尔大学（Cornell University）。这所大学的华人中不仅出过胡适、赵元任和茅以升这样的大家，梁林二人以及徐志摩和冰心也在此待过。所以，在类似彼岸修罗的花丛掩映的校门口照例立此存照，纪念下当年在新闻社地下室里度过的那段青青岁月。

西游西夏

说来惭愧，我对于世界的看法原来一直是处于一种神话体系之中的，从《山海经》到《通史演义》，从《镜花缘》到《天方夜谭》，光怪陆离，神怪丛生。正经的国史是从高中在旧书摊上淘到的一本《中国通史简编》第三编第二册开始的，是新中国成立后竖排本正统得一塌糊涂的红色史学论著，从此初窥到思接千载视通万里是个什么味道，然后在大学时吵吵闹闹的宿舍里中午就着6灶的米饭拌着辣椒酱翻完了《史记》，还有图书馆里断断续续胡乱借的几本郭沫若和白寿彝的旧书，以及后来出差间隙里断断续续看完了的黄皮书《国史大纲》。

虽然是个门外汉，但不妨碍我发现，在纷纷扰扰这数千年间，有过这么一个独特民族。它存在过，挣扎过，闪耀过，衰亡过，最终无声无息了无音信。它是西夏，就是北宋年间虎视眈眈的四夷之一，也是令范仲淹和韩琦争吵不已扼腕叹息，令成吉思汗和忽必烈愤恨不已血战屠城的西羌后裔。在阳光猛烈的一个夏天中午，从银川河东机场挤上操一口西北口音的师傅的出租车里，开始了西夏之旅。

除了设置一品堂那个小说里的西夏，真正接触到西夏的痕迹是在大学读书的时候，那个时代还喜欢边练字边作文地写信，不像现在写篇文章也都是键盘上敲敲打打几乎没有删改痕迹。邮政当年出了一版1996-21的四张邮票，现在我有些老书信可能还贴着，其中第一枚20分的陵台当是西夏王李元昊的泰陵，这个也是《大话西游》里面牛魔王出场时很拉风的一个背景。如今的泰陵依稀旧日模样，只多了青石神道直向土丘，明代就有"贺兰山下古冢稠，高下宛如浮水沤"之句。元昊一生雄毅大略，跌宕起伏，最后也如梦幻泡影，归于此处。

西夏人本是党项羌人，旧居川青藏交界之地，唐初不堪吐蕃侵扰内迁陕甘，安史乱后郭子仪建议将党项人聚集安置河套一带，不料养虎贻患，成为宋时汉人的噩梦，这经历和李成梁对女真人如出一辙，可见民族政策须慎而重之。河套之地，自秦汉以来一直便是漠南军事要地，与内蒙古敕勒川一带的东套相比，这片灌溉了银川平原的西套肥沃土壤，有史以来一直是塞上粮仓。最近这里的旅游业借着综艺节目《爸爸去哪儿》又火了一把。在沙坡头上看得黄河浩浩荡荡奔流而来，泥沙俱下，岸边却是无边沙漠，此情此景据说便是王维"大漠孤烟直，长河落日圆"的所在。

银川西北也有一个叫作"东方好莱坞"的西部影城，本是明清之际边防戍塞。20世纪70年代，张贤亮劳改释放当农业工人赶集时偶然发现，后来以其无边荒凉介绍给电影界取景。20世纪80年代，张贤亮用版权等做抵押建起这座影城运营至今。其间拍摄的影片有张贤亮自己写的《灵与肉》改编的老茂出演的《牧马人》，有莫言巅峰时期创作也由巅峰时期的张艺谋巩俐姜文演绎的《红高粱》，有林青霞张曼玉梁家辉甄子丹的《新龙门客栈》，等等。许许多多遍地风沙苍凉落寞的电影里都有这里的痕迹。路过的这座唐僧受刑台的周边在电影里黑黢黢地看得不清，但罗家英那几句台词却让人在无厘头之余，也见识了粤剧表演艺术家演电影如烹小鲜的风采。

《大话西游》开场音乐的作者是赵季平，每次听到这首曲子都会想起很多很多事情。闭上眼睛，躺在小舟上，任水流推着，在芦苇荡间曲曲折折，箫声清扬，就像逝去的好时光。

长白长相思

南方和北方人大抵很容易分清，北人一般总会高些，就像东北虎比之于华南虎。依据么，生物学上叫贝格曼法则（Bergman's Rule），说内温动物，就是我们哺乳动物和鸟类这种能靠出汗和吃饭调节自身体温使之恒定的生物，在冷的气候地区身体趋于大，热时趋于小。这个现象的产生原因据说在于气候，人的生长和花开一样受温度控制。南方高温会催熟有机体，这样发育时间就短；北方则长一些，自然会高大些。倘若出现了所谓南人北相，那么可以解释为天赋异禀，先天能量旺盛而后精力无比充沛，这种例子不胜枚举。

所以东北人就偏爱高、大、上、宽、阔、长这样的字眼，透着爽气和不磨叽。比方长春，早先就叫宽城子。它之所以近代替代吉林作为吉林的省会，全是因为沙俄东清铁路，和石家庄有些类似。

但不同的是后来日俄战争后，日本扶持的伪满洲国将此定为所谓国都，利用这里四通八达的交通对整个东北进行有效控制。日本战败前整个长春地区各民族人口最多时达120余万，号称亚洲第一大都市。

都过去了。长春发迹得晚，坐落在一望无际平原之上，也无山川名胜，城里除了被大学环绕的南湖公园外，便是溥仪的伪满皇宫了。宣统逊位后，又被日本人在长春作傀儡改元康德，当年一部《康德第一保镖传奇》风靡东北，里面的霍殿阁霍大侠，也确是溥仪的武术教师兼保镖。这部剧也科普了一下八方极远之地的八极拳，王家卫的《一代宗师》里的"一线天"张震便是个中高手。但和做面子的叶问不同，他活成了里子，做了一个普通的理发师。人活一世，能耐都在其次，都是时势使然。

一进伪满皇宫，就看得到好大一片跑马场，天上的白云照得人眼晕。旁边是溥仪的卤簿车库，下面的Garage应是车库之意。回去查了查卤簿，说的是天子的车驾次第。虽然落难但天子八乘的排场还是有的，但实际上没少受到日本人挤兑，霍殿阁师徒就是因为替他出头，在大同公园事件中打伤鬼子踢死狼狗而遭受处置，郁郁不得志后专心收徒广传八极拳的。

长春东南方向1 000余里，在中朝两国边界，坐落着冷峻雄浑的长白山。由于海拔不够，长白山并不是终年积雪的，在没有雪的季节，山顶的白色实际上是充满气泡的白色浮石火山岩。如果你愿意到山间的小贩那去打量，会认出很多被加工成搓脚石的这种火山岩。上次在北戴河，一教授和我讲，石贝之物，本无贵贱之分，把玩多了自然有灵，喜欢就好；就像他夫人一样，到处旅游只买号称知足的小玩物，不论材质，就是爱好。袁宏道云，余观世上语言无味面目可憎之人，皆无癖之人耳。所以交结朋友，要选有志趣有瑕疵的才是。

登长白山大抵走北坡、南坡和西坡三条线路，东坡应该是从朝鲜境内才能走。境内一般都要路过山下重镇——二道白河。这个进出长白山的门户名字是和这条河同名的，作为一个以旅游业为支柱的镇子，本地人并不多，只见稀稀落落的三两行人擦肩而过，日暮之际，风烟俱净，水天交映。

第一次告诉我这个古怪地名的，是南派三叔，现在他的小说已经有话剧出现了，两年后据说会看到这部伟大作品系列电影的第一部，希望能看到《指环王》或者《哈利·波特》这个级别的国产巨著。国运日上，应该快到大师群起的时代了。小镇转来转去，能体味到小镇住民的富足和闲适，夕阳暖洋洋地晒在身上，恍惚间像回到小学放学回家时经过的街角。

旅游城镇不可避免商业气息极重，打尖住店购物游玩一切一切小心陷阱。昨天刚学到一句"警之在前，察之在后"，其实挺管用。最美的风景是在路上，各种意外只是插诨打科，景点也许是整个旅途的高潮，也许不是。不过，如有条件建议包车，体验会完全不一样。

在二道白河歇了一晚，一早去北坡山门排了好长的队后，乘景区区间车，再换转景区越野车登山。徒步是极不现实的，自驾的话如果见识过这边景区越野车的开法也会放弃这个想法。车子像脱缰野马向山上狂奔,每个位子前面的扶手都被前面的人拉得松垮垮的,每处急弯都被巨大的惯性死死压住动弹不得。以前在北京打到冰雪路上开得飞快的出租,一问司机大都是东北人。这次在长春一出车站打上车,那小伙也开得飞快,还和我讲,车这玩儿楞就得往死了蹬油门才行,恁慢嘎哈。虽然如此,也没见事故比别处多多少,看来东北人偏爱的字眼还要添上这个"快"字。

当年泰山上守了一夜守来了朝雨濛濛,峨眉山上的佛光等到后来猜测也只是一种幻觉,所以对这种天赐景观不抱幻想。这里的天池上方,气象条件也是出了名的变幻莫测,即便山顶没有雾,等排队乘车上来后也未必能看得到。所幸唯天所相,连朝鲜一侧的抽水装置都看得很清楚,据说那边还在天池投放了鱼苗,这也是屯垦的一种吧。

天池碧蓝如镜,安稳沉寂地坐落于绵延千里的长白山顶。四下云雾茫茫,周身朔风凛凛,站得久了真有飘飘欲仙之感,难怪不论汉人还是女真,都把这里当作仙山神府,膜拜再三。近代以来天池划界后民间争议不断,连同其余各处海疆陆界,国策在韬光养晦到和平崛起的转换间也伴随着国家社会的转型,历史传统与既定现实之间的把握,精巧和严肃地考量着政治家们黄老王霸各种选择的智慧。

清末至民国时,在封禁数百年杳无人烟的白山黑水之间,数千万贫苦农民在天灾人祸的驱动下,同不可遏抑地走西口、下南洋的移民求生一样,于出山海关后的跟跄路旁聚集了无数村落城市,有的消失,有的存在,有的形成了长春这样的大城市,有的依山傍

天路仙那多

水成了二道白河或是象牙山村这样的村镇，但一样的是，人的流动带来了文化的流动，闯关东带来的正是中原文化的复制和移植。

  所以，初到这里，天然就能感觉亲切和自然，走后也倍加思念，一半是因为这里的河山景色。另外一半，则是有人告诉我这里的两个秘密：一是就算冬天再冷，城市街上也有穿丝袜甚至光大腿的凛冽女子；二是冬天的铁栏杆有一种水蜜桃的味道。

波凝三峡

自重庆奉节白帝城旁的夔门，至湖北宜昌的南津关后的荆门，沿长江而下的数百里间，两岸青山隐天蔽日，一蓬孤帆御风逐浪，说的，正是巴东三峡。收到人民币后面的，是80版10元汉蒙两族人头像后面的夔门。收到教科书里的，古有郦道元的《水经注》，近有刘白羽的《长江三峡》，逶迤壮阔，美不胜收。这东出夔门与北出剑门，是古来川中子弟游历天下的两条难于上青天的蜀道门户，和少林寺下山过铜人阵一样，凡是孤身涉险有运气有胆量迈出这两道因雄险而著称的所在的，都不一般。因此便有"川人出川惊海内"的说法，出得去的司马长卿、扬子云、陈子昂、袁天罡、李十二、苏大胡子、马祖道一，乃至近现代张大千、吴玉章、郭沫若、刘伯承等衮衮诸公，哪个不是人中之龙？可见这片封而不闭的四川盆地里藏风聚气，风水确是没的说，但老不离蜀、少不入川,巴蜀这份底蕴和悠闲却未必是川外人能体会的。

于是心里极向往之,当年本有个机会来此,可惜适逢一个重要考试,所以悭缘一面。不料数年之后从武汉卷土重来却未可知,已经多了一条争论不休的大坝。在自然景观发生巨变的同时,库区移民所引发的社会变迁也许更值得我们关注。水位的上涨和水土的保持,将百万移民非自愿性地外迁至长江中下游和辽宁山东广东等沿海地区,中间发生的那么多小人物在生活的角落里的种种悲欢离合,早被时间遮蔽得风雨不透让我们无从得知。

有个自称曾是个混混的导演贾樟柯相信宿命,于是在部半纪录片半故事片的《三峡好人》里,也描写了这片土地上发生过的让人难以忘怀的命运。电影的英文名字《Still Live》感觉是更贴合导演价值观的,你我活得实际上原本与别人一样的烟酒糖茶,只是自己想的是琴棋书画,看起来一样的麻木不仁,所差不过在五十步。即便水没山城,即便风流云散,活着总归是在活着,仿佛亘古以来就这样的一样。就像我一位老师跟我讲,出差之际不论在机场在车站,只要等候时间超过半个小时,就会发现到处都一样,一样都有欺诈偷盗以及种种江湖,当然也许一样还有爱别离与求不得。眼前一条驳船悠悠地行驶在西陵峡间平稳的湖水上,与电影开场时缓慢的横向追随镜头中山西矿工韩三明在瞿塘峡间奉节江上的船依稀相似,江水清冷,不知载运过多少这样的故事。

大坝所在的宜昌,因山川地势古称夷陵,《三国演义》里三大战役——官渡之战、赤壁之战与夷陵之战,最后一战就发生在左近。关羽北战襄阳之际,吕蒙白衣渡江取荆州,关羽仓皇回救却夜走麦城，刘备怒而兴兵东出三峡，陆逊坚守猇亭战略防御，俟盛夏蜀兵疲惫之时火烧连营覆军杀将，直烧得先主回逃夔门而不敢回成都，然后才有白帝城托孤诸葛。可叹如此如画江山也见证了阴谋与背叛，贪婪与嗜血。

由宜昌夷陵区的虾子沟码头，渡船可至灯影峡，在污浊昏黄的长江水的支流上拦得出一弯碧绿青翠的峡谷，从里面"三峡人家"里的吊脚楼里望到乌篷船和水车，尽管是新近置办来应景的，不要太认真地边走边看，却也有沧桑幽静之感。

这些，与长波逐若泻的三峡、浪喧明月夜的三峡、波浪轰天声怒的三峡，已经全然不同了。水利枢纽的主要作用中，兴航是见得到的少了风险，抗洪是为了中下游的广阔平原，发电是为了国民经济的发展，副作用除了社会问题外还有生态地震洪涝等环境问题。虽然专家们辟谣不断却从来质疑不绝，就连修建大坝的时候也是通过率很低的一次表决，每到周边环境异常时，两派声音一定会再争论一番。但这种不可重复的工程的利弊当代怕是很难看出是否合理。我只是很怀念，嘿唑嘿唑的川江号子和激流险滩上的裸身纤夫，而不是人为意象三峡里，帆船上俏生生站着的纸伞幺妹。

现在三峡水利枢纽，在三峡最末的西陵峡中段，这片工地的制高点叫作坛子岭，是俯瞰整个工程全景的好地方，原本浪奔浪流的高峡倒映得两岸青山千古未有地安静。晒晒的坛子岭上人影晃动，手机拍张全景照片也是等了好久。在上海，在南京，在武汉，在岳阳，无数次横渡长江，每次都有不同的体会，或宽阔、或绚丽、或悠闲、或清澈，这里有的，只有平静。所以，再夹带点私货《自得集·过三峡》：

> 波凝三峡影，日暮一江平。
>
> 昔者湍流险，辗转化电能。
>
> 移民少鱼踪，兴航无猿鸣。
>
> 利弊纷纭论，功过后人评。

对岸的截流纪念园，除了有纪念三峡工程的作用外，在江畔看西陵大桥风景也是甚好。薄荫蔽日，凉风袭人，头顶偶尔儿架巡逻的苏-27飞机的呼啸声，身旁三三两两的游人说笑声，和着《三峡情》的背景音乐，不由得让人发痴。

> 从小爱在云里走，口吹叶笛赶羊群……
>
> 几时再登夔峡门，喊一声号子驾船行噢……

惯看江楼

武昌的夏天真是很热呢。

不是阴雨连绵就是暗霾漫天,每次来武汉三镇都是雾蒙蒙的,要不就像北京一样的临街看海,罕有天蓝日丽的时候。第一次来时就是个初春的阴雨天,坐着同学的小车只远远瞧了一眼影影绰绰的黄鹤楼。只是,以后每次路过都会仪式般地凝望这个方向,尽管大多时候什么也瞧不见。这个情结说不清是从什么时候开始的。也许最早,大半是由于网名程灵素的高人的这段诗歌:

我走过山的时候山不说话,

我路过海的时候海不说话。

我坐着的毛驴一步一步滴滴答答,

> 我带着的倚天喑哑。
>
> 大家说我因为爱着杨过大侠，
>
> 找不到所以在峨眉安家。
>
> 其实我只是喜欢峨眉的雾，
>
> 像十六岁那年绽放的烟花。

当年初见倚天屠龙，惊为天书。可惜家里只有宝文堂的三四册。现在犹然记得第三册开头：张无忌手持梅枝腾身一跃，白虹对倚天败了灭绝老尼，小小少年谈笑间摆平数十年江湖深仇大恨，好不快活。刚好合了当年十岁左右的天性。当时没有遍布天下的网络，想看前面的故事也是完全的不可得。但是，但是，约莫五年以后，突然在家里发现了第一册，封面觉远和尚被数个黑衫白衫的少林和尚团团围住，挑着两个大水缸左冲右突。左边缸中是潇洒明慧的郭二，右边缸中则是懵懂少年张君宝。细细读来，觉得很难接受，这说的是同一个故事么？再后来，知道了第二册的内容，加上自己经历的蹉跎往事，才慢慢明白，少年子弟江湖老，这四册说的本是一个大故事。这里面，于这江畔黄鹤楼间有着莫大的渊源。

要之，在《神雕侠侣》中看到的，是一见杨过误终身，是程英陆无双公孙绿萼郭芙们的误终身；而在《倚天屠龙记》中，则是一见郭襄误终身，是何足道张君宝们的误终身。可是，书中只一句花开花落花落花开，便将这么一个明秀无俦的少女，写成了青丝成白发的大彻大悟峨眉开山祖师，读起来好不悲凉。少年君宝则只说于道藏山水间，悟了天地至理，亦成为一代宗师。当年近在数尺的左右水缸之缘，终于成了一厝峨眉一厝武当，终老不复往来。恐怕这二人各自的顿悟也是痛彻心扉的领悟吧。

而今武当所供奉的真武大帝，便是这黄鹤楼下的蛇山和对面的龟山所化。不信你看，正阳门前中国高速0公里标识处，北面的玄武便是龟蛇一体。眼前这座黄鹤楼飞檐攒尖，灵动又不失雄浑之气，楼下龟蛇相峙，只是如今多了好些高楼大厦。黄鹤楼的命运和大多名楼一样，也是历经兴废，现在的黄鹤楼建于30余年前，楼前的葫芦状塔尖是清同治年间旧黄鹤楼的唯一劫存之物。

由于新中国成立初兴建长江大桥占用了黄鹤楼原楼旧址，所以如今的楼址距江边东移了千米左右，登楼后能看得到的江景也就成了现在桥景的样子。尽管在季风性湿润气候极其充足日照下，从楼上还是看不清传诵千年的孤帆远影，由于角度的偏差影响，长江天际东去不返当然也是没有的，另外屡入诗词的鹦鹉洲也早于明朝末年消失殆尽。这算是物是人非，还是物非人是？

黄鹤楼，黄鹤楼，也是鹤去楼空江自流。古夏口西临长江，江角因矶为楼，号称此处是吕洞宾驾黄鹤飞升的道场，所以名为黄鹤楼。而吕祖的最大遗产，怕就是他的《百字碑》了，这里顺手做个普及。

养炁忘言守，降心为不为。动静知宗祖，无事更寻谁？

真常须应物，应物要不迷。不迷性自住，性住气自回。

气回丹自结，壶中配坎离。阴阳生反复，普化一声雷。

白云朝顶上，甘露洒须弥。自饮长生酒，逍遥谁得知。

坐听无弦曲，明通造化机。都来二十句，端的上天梯。

好个自饮长生酒，逍遥谁得知。关于这个似是而非的歌谣，张三丰做过很是详尽的解释。大概是说凡人性如烈火，喜怒窘穷变幻无常，但有触动，便生妄想，难以静性，所以需要修炼精炁神。

楼里最爱的，是半幅右侧的《江天浩瀚图》，上面的李太白饮酒深得我心，只是佩剑的太白像确实不多见。这个风格，很像二十年前《连环画报》的某些常见画风，写意见有工笔，贵在神韵。西辞故人，欲行不行各尽觞；东问流水，别意与之谁短长。嘿嘿，这座黄鹤楼怕是最能配得上诗酒绝伦的李十二郎了。

当年劳动课无聊背"三百首"时，总把崔颢这首和李白的登金陵凤凰台混起来。一个说晴川历历汉阳树，芳草萋萋鹦鹉洲；一个说三山半落青天外，二水中分白鹭洲。前面的鹦鹉洲就险险又写成了白鹭洲，当年去南京在秦淮河畔的傍晚，模模糊糊见到白鹭洲公园的牌匾，却没有时间进去了，据说原洲早已与陆地相连，但现在好在还剩有一个湖心岛。

爬到顶楼很努力地拍到楼顶的黄鹤楼牌匾，这个算是舒体吧。上一个同治建造光绪被毁的黄鹤楼牌匾的题字则更有名些，是号称湖北第一全国第七的书法名家陈兆庆所书。

可来到这座城市，却总想起颜丙燕主演的电影《万箭穿心》。

这个改编自这座江城土著作家同名小说的电影，原本只是在电视盒里偶然一次点击，没想到能断断续续地看完。看完后半晌坐在沙发上没动，什么也不想做。这是因为这个电影，这个名叫王竞的导演拍的电影真实得太可怕了，纵然千万个家庭有着千万个不如意，但把这个武汉女人扒得这么彻底还是太血淋淋了。生活不止是《倚天》里的文雅风流，更多的是柴米油盐酱醋茶。颜丙燕饰演的李宝莉漂亮却没有气质，泼辣却伤害自己，最后落得自己孤身出家这样的结局，好在还有个建建这样的混混重情重义，也算半个温情结局。

慈悲啊慈悲。给予众生快乐叫作慈，解除众生痛苦叫作悲。想躲开快乐和痛苦，想去一刀一尺遍天涯，四海无家却有家。可世上这么许多怨憎会和爱别离，这么多命运暴虐的毒箭，哪里是躲避得了的！只能如黄鹤楼门口这座石狮子般，于江畔楼旁，慢慢看着这一切，却什么也改变不了，惟愿，惟愿人人慈悲。

我总想，郭二和君宝如果但凡有别的选择，未必愿意去领悟那劳什子的天道，这无可奈何的选择说起来是江湖上津津乐道的风尘逸事，但这些个人心下的无奈和忧愁，不是当事人永远是不会懂的。也许你我每个人都有最落魄的那一年吧。襄阳城破如丧家之犬，座师圆寂如无根之萍，天地虽大竟无可去之处，心系一人却明知有缘无分，于是只好入深山以自遣，自己孤身一人又太过无聊，才收些身世飘零的弟子吧。世俗外的出家人，和现在旅游景点的咖啡店酒吧的老板一样，都是有故事的人呐。

在回京的高铁上，翻来覆去睡不着，于是踅摸了一个绝句《自得集·登黄鹤楼》来记下我的那时那刻，也算为自己童年和少年的倚天旧事做个纪念，同时也切下近况。其中第二句的"迹"字现在都读去声了，但在民国和民国之前，还是读阴平的一声，也算合基本格律罢。

惯看江楼爱别离，
相思如水去无迹。
鹦鹉洲头寻不得，
轻舟远影莫相疑。

波色之美

哈尔滨的冬天冻得人脸痛。记得往昔上学时，整月整月泡在这里工厂的实验台上，裹在羽绒服里只留几根手指把弄着工控机的键盘鼠标，在冷空气里吐着白烟，陪着自己的只有眼前在空荡荡的厂房里运行的一行行代码。然后一个电话突然挂进来，这上面他们总不说打电话。问，晚上招待外单位去看冰灯，去不去？去！当然去，就算吃不到招待所最爱的每周一次羊肉萝卜包子也要去。尽管那几年冬天都在这做项目，但冰灯雪雕总会去瞧瞧。绿莹莹红灿灿的灯光透过寒冷晶莹的结晶体，多高的色温都会变成彻头彻尾的冷光，还得是高冷清贵的那种冷。

可话说回来，自己用水桶做的冰是不成的，这事儿在农村老家过年时还真试过，那个真心不够透亮。好的冰灯冰须是稳定流水所结方好，比如这江水。冰是从冰晶核开始生长得到的，流水能够不断阻碍冰晶形成，这样冰晶旋灭旋生，最终形成基本各向同性的晶莹剔透的冰块。而人造冰则不然，各冰晶核生长不受干扰后必然会相互干涉碰撞，换言之，形成的各向异性结晶体看起来就不干净。

等到松花江上冻后，再等到元旦前后零下二十几度的严寒下，将大块大块的冰采将出来后，冰城巧匠依切砖归方刨光造型放样粘接种种工序堆砌了这一座座只存在几个月的童话王国，最后点睛时再放上冷光源的彩灯才算齐活儿。于是在兆麟公园和太阳岛"冰雪大世界"的夜夜夜夜中，在梦幻泡影一般的五彩冰灯间，你我就能就着马迭尔冰棍儿，思绪快乐地漂流在安静的夜夜空里了。所以，记忆里的哈尔滨全然是寒冷的冬日景象，连带着圣索菲亚大教堂的绿色洋葱头，印象里也是冻得杠杠的抹茶冰激凌的模样。

笑话说北京一年两次霾，每次6个月；哈尔滨则是一年分两季，一个是冬季，一个大约是冬季。这个暑假终于有机会，再来看看哈尔滨的夏日模样。城市的名字由来据说是满语哈勒费延，历史却不过百年，这期间俄国人犹太人朝鲜人日本人走马灯似的来来往往，但从美食的角度来讲，红肠赛克格瓦斯大列巴鱼子酱还是证明，俄国人留下的印记要深得多。建筑上也是有的，这次开会，欻空儿晚饭后从松北跨桥过江，一路曲曲折折，在擦黑儿的时候来到了这座久违的教堂。

深蓝天空下的圣索菲亚大教堂看起来灵秀婉嫕，百余年来不悲不喜地站在这里，任它人潮汹涌时光如箭。多年前的一个冬天上午，曾经进去过一次，记得里面早已没有教堂的样子了，只是二维老照片们和三维缩放模型们相聚在一起的展览。不过也确实不必奢求,能够历尽劫波还站着这里已属万幸。

教堂正对着兆麟街。沿兆麟街边向北,左转石头道街和四十二道街,就到了铺满面包石的中央大街了。故地重游两遍的建筑和冬天看起来好像是全然不一样了,只这满地石头还有印象,左右不出几步就能碰到小吃摊西餐厅等。有文化气息的是,间隔着吃货总有些管乐弦乐的悠扬之声。走到有处消夏音乐会四重奏边,一曲《啤酒桶波尔卡》奏得欢快非常。

路过一处处或中或洋的美女乐手后,向北直走就看到高高的抗洪纪念碑了。每次大洪水都会在上面留个高度印记。江河泛滥的城市边大多有这样的标志性建筑,比如以前路过海森堡石桥下看到的痕迹。纪念碑上最醒目的是1998年特大洪水的刻度,看起来触目惊心,想来这整条中央大街都成了水巷,亏得松花江携带沙土不多,要不年深日久不知会不会成为开封第二。

当天从纪念碑越过斯大林公园,拾级来到江边走过阳明滩太阳岛一个个码头。一座城市能有一道江或一条河,便会显得灵性十足。黄河长江边的一座座名城不提,就算父亲的草原不是也要一条母亲的河?只听得江城丝竹夜纷纷,半入江风半入云。一路沿江东行,只见得水面宽阔,光影斑驳,波色炫美,不可方物。

夜幕下的哈尔滨有过很多故事,看得见和看不见的差别也是很大。流年碎影之间是一群群野钓野泳的人们,防汛岸边还有一些个穿着三角紧身内裤的汉子,头枕着自家女人的腿上沉睡,是在等睡得大汗淋漓的时候再跳入江中冲凉吧。这几天在微信中加了几个老同学,聊起各自自身际遇来,说了句这个岁数谁背后不是一堆故事。所以，一直以来很羡慕导演这个职业，谈过的贾樟柯的《三峡好人》，王竞的《万箭穿心》，他们能从上帝视角讲述一个个独立却纠结的人的故事。有时候，在街头一角闲坐，观察一个个熙熙攘攘奔波不已的人们，会好奇他们的生活是怎样的，他们的故事是怎样的。

没有冰灯和雪雕的太阳岛也是初次看到的，郑绪岚的一曲《美丽的太阳岛上》三十多年前风靡全国，和《牧羊曲》一样老早就藏在脑海深处，有时突然间不经意听到，像是非常熟悉，实际却感觉陌生。就像突然之间走到某地，心下虽然知道没来过，但却有种非常熟悉的感觉，像在梦境中来过，你是不是有过？

来到哈尔滨，是在躲北京的桑拿天兼雾霾天。空气污染让人总有想要逃离北京的冲动，短期来北京真会有北京没太阳的感悟。这次出来刚到时，从哈尔滨西站到太阳岛的路上，远远地看到"丁达尔现象"簇拥的太阳居然有点让人小感动的感慨。

我在这座北国冰城里印象最深的还是吃的，尤其是在冬季的夜晚里灯火闪耀的洗浴城旁的小吃店里，铝饭盒里带着冰碴的冻梨，以及撒着绵白糖的羊肉串儿。这座城市么，与长白长相思里的长春相比，也有两个特点，总结一下：一是姑娘漂亮小伙高，大叔金链满街貂儿；二是和长春的水蜜桃味儿不一样，哈尔滨冬天的铁门是苹果味儿的！

照例放点私货，波色之美的名字，来自一篇译文——《希格斯玻色子之美》，是前些年的译言网上练英语时偶尔翻译的一篇英国《卫报》上的科普文章，也是那些年里我唯一一篇被列入译言精选的文章。孩子们，有空多学习，没坏处。

惊梦三千里

最早的朝鲜印象，是来自一本《谁是最可爱的人》的报告文学，除了里面很多当年的年纪着实不宜的拼死斗争场面，就记得志愿军首长请一个朝鲜小姑娘吃着油珠啷当鸡腿的场景。但最早的韩国印象，却是从曹薰铉刘昌赫以及服装城里的南韩纱的衣料开始的，慢慢与中国流对应的韩流意味逐渐异化，从韩剧以及电影音乐逐渐扩展到服饰饮食等，在政府不遗余力地推动下，韩流夹带着中产阶级价值观跳着骑马舞哼着《大长今》冲出亚洲走向世界。围棋上讲的金角银边，放在世界地图上却未必适用，北边与广袤大陆接壤的同胞们阔别数十年的势不两立，南边隔海相望的同盟却是数百年的世仇，自己占了个边角却没有几口气，靠着精细计算的官子功夫或是间于齐楚或是事大保国，想想怎么盘活也是头疼。但绵延几千年来的国祚不断不绝如缕，却也能给我们

一些启示。

那么我们来捋一捋半岛简史：远古朝鲜的传说是纣王叔父箕子在武王伐纣后的封地，定都在大同江流域平壤附近，而后在西汉初年由燕国人卫满在此推翻箕子朝鲜的立卫氏朝鲜。而现在的东北亚喜剧之都铁岭一带，战国时约莫叫作玄菟，也就是被西汉武帝派荀彘灭卫满朝鲜后所置东北四郡之一，另一个乐浪郡则是土著濊人归附武帝后与汉人杂居的所在。当时在这个狭长半岛及其北部的土著除了汉人和濊人，还有东明族人统治濊人在如今吉林市立国的古中国少数民族夫余人，号称夫余别种而居于大山深谷的高句丽人，以及俗重养猪的女真前身挹娄人；而在半岛南边，则有着源头据说是通古斯人种的马韩秦韩弁韩的三韩人。

后来争议颇多的高句丽据传是夫余一支，西东两汉之间王莽部将诱杀其王逼反高句丽，而后东汉稳定下来后保持着表面的朝贡关系，而高句丽设县则是源自三国名人司马懿。经过屡次相爱相杀之后，高句丽趁西东两晋和南北朝中原大乱，占领了包括玄菟郡四郡在内的辽东全境，从此以后，汉人政权基本退出这个半岛。但高句丽的野望远不至此，在后来的南北朝末隋初远交近攻，更是与突厥和南朝形成联盟，所以杨坚自平定天下后，毫不犹豫地以阻碍新罗百济进贡不臣之名举全国之力东征。这段时期是朝鲜所谓的三国时代，乃至其后的隋炀帝四征高句丽大败而归，激起所谓十八家反王六十四路烟尘的天下大乱而强隋崩解。如果说著名昏君的东征是严重战略误判，但后来的唐高祖太宗的三征高句丽，总归不都是误判，可见当年的东北部异族兴起终不是区区疥癣之疾，而是彻底的心腹大患。及至今天还有一派观点，认为汉人是用了一个强大朝代为代价，灭了高句丽兴国的可能性。

至今仍广为流传的白袍薛礼苏定方盖苏文们的评书演义，背景说的正是这段唐军东征往事；而后，唐在平壤立安东都护府，右威卫大将军薛仁贵为检校安东都护，《资治通鉴》说后来高句丽大部百姓被迁入中原而国灭。但后来，唐军西线吐蕃战事和"安史之乱"使得这一地区出现权力真空，使得原来的同盟新罗日渐兴起。名自德业日新网罗四方的新罗，源自三韩中的秦韩，据说是秦人避乱的一支与当地马韩融合的部落，而百济则是夫余人在马韩所建的大部落。金氏新罗文武王与唐联盟后，先灭百济再灭高句丽，在半岛初次构建了统一的韩人政权。但五代末年随着后百济和后高句丽立国，朝鲜进入后三国时代后，后高句丽部将王建建立了绵延四百余年的高丽王朝，并重新统一了朝鲜半岛。但当时的北部中原朝廷辽国自然也同隋唐一般数度攻伐，但也是换了个纳贡如故而已。但三韩之旧的此高丽，与前面扶余人立国的彼高句丽则没有传承关系。到有明一代洪武年间，都统使李成桂在亲信劝进下黄袍加身，自此绵延至近代的李氏朝鲜代高丽而立。光化门里有座犹如漂浮水上的庆会楼便是朝鲜太祖李成梁在高丽故宫遗迹兴建的景福宫一角。

景福二字取的是《诗经·大雅·既百华》中的一句："既醉以酒，既饱以德。君子万年，介尔景福。"不过这种木质建筑群和故宫一样，总是不免为兵火损毁而屡毁屡建。在朝鲜明宗时期也对应着明万历年间，日本关白丰臣秀吉前后七载两次纠集十余万人入侵朝鲜，景福宫便毁于这场壬辰倭乱的战火之间。直到现在，当地人对倭寇也仍是咬牙切齿地痛恨。现在朝鲜史书《再造番邦志》上还记录着万历年间的这场艰苦至极的抗倭援朝战争。如果爱看历史韩剧，还有部50集的《惩毖录》可以印证着看，史料更翔实一点的有中韩合拍的纪录片《万里朝鲜战争》。

但实际上如果图谋假途伐明的丰臣秀吉没在这场倭乱的第七年身死，而诸倭扬帆尽归日本，这场朝鲜大乱未必会平息。明史上说："……丧师数十万，糜饷数百万，中国与朝鲜迄无胜算。至关白死，兵祸始休……"当时朝鲜国王宣宗李昖先逃平壤再奔义州，向大明求援并派大批使者前去游说大明官员；而明廷判断丰臣秀吉野心不止朝鲜，遂前后派8万余人过江击退倭寇，而辽东铁骑自此精锐尽失而致女真崛起。朝鲜则人丁锐减，几近崩溃，从此与日本不共戴天。这里的宣宗陵墓，现在却也融入了汉城（今首尔）的闹市之中，地铁出宣靖陵站绕过一排高楼，就见得到了一片宁静安详的几座写意石马石人陪伴的陵墓。

高句丽与高丽，李成桂与李成梁，字形相近而差异甚大。壬辰倭乱之时，李如松任提督蓟辽等处防海御倭总兵官，和他的老子镇辽22年的李成梁一样威名赫赫，在指挥攻打平壤时"城上日军炮矢如雨"。明前锋军士稍有退却，李如松手斩一人，挺身直前，坐骑被击毙，换马再战。李如松弟如柏被铅丸击中盔顶，仍继续奋战。部将吴惟中被铅丸击中，鲜血流淌，也仍然奋呼督战。经过激烈战斗，明军终于从平壤小西门、大西门突入，日军退保风月楼，夜半渡大同江南逃。这些话和当年在《明朝那些事儿》上看到时一样，依然是心潮澎湃不已。

去年看的一部韩国影片《鸣梁海战》，也是这场耗时持久战役的一部分。现在光化门广场上还竖立着李舜臣将军的雕像。就像在游戏之中，如果你有了作弊招数和无限制的资源，那也是只是测试游戏的功能而已，难度才能带来与生俱来的挑战意识，才能唤醒千万年来埋藏在基因之中的危机意识。史上巨鹿昆阳官渡赤壁淝水虎牢这些种种以弱胜强的战役总是让人感怀，李舜臣鸣梁此战也是如此。壬辰倭乱之出，李舜臣率水师连战连捷而获封资宪大夫，然后和很多评书故事一样昏君奸相误国而遭罢黜，直到七年后日军海上大举袭来，不得不再次被启用。但此时倭寇安宅船关船300余艘，朝鲜的家当只有12艘板屋船，并且著名的在板屋船基础上改造的龟船则倾覆无存。李舜臣利用地形潮汐以巧致胜，大败倭寇。电影到了这里结束，但历史并没有。次年明军老将邓子龙和陈璘与朝军在露梁再次大胜，但此战年逾70的邓子龙旗舰起火，李舜臣驱船来救但左胸中弹，他命侄儿代为指挥不许声张，最终这场战役中以邓子龙、李舜臣的战死换来了整个战争的胜利。

老兵不死，英灵犹在。自宣陵出来顺时针转出来向西走不远，就看到这座似乎在做着顶戴佛事的新罗元圣王年间的奉恩寺。自丰臣秀吉死后，部下分为东西二军而萌生归意，随后德川家康击败西军后立德川幕府，丰臣秀吉这个野心家整个家族败灭。万历此战结束后，明神宗下诏给朝鲜国王李昖，说："吾将士思归，挽输非便，行当尽撤，尔可亟图。务令倭闻声不敢复来，即来亦无复足虑……"

这座奉恩寺还曾寓居过为林尚沃作画的秋史。用寸铁杀人来说这位敛财无数而又千金散尽的朝鲜商佛，秋史想和普罗大众说什么道理呢？财上平如水，人中直似衡。人对欲望对利益的追求，什么时候才是个尽头呢？这个极限应该怎么取值才好呢？戒盈戒盈，说的却是人所欲望的东西，并非满足，而是自足啊！

回首南山塔下现实与历史的融合，漫漫几程长路回首前尘俗世，伴着信念不断的绵绵密密念佛诵经之声，却也只听得寒蛩不住鸣见得旧山松竹老，小国寡民的存亡续绝和闪展腾挪，留到今天的历史痕迹也越来越是黯淡，可能在有时只偶尔出现在惊问三千里梦吧，就像林尚沃在某个午休梦中的松伊和白鹳一样。然后有一天，他对着镜中的自己说：这一生，你真是受苦了。是不是也像这个受苦的国家对自己的躯壳所说的话：

死死生生生复死，

积金候死愚何甚。

几为闲名误一身，

脱人傀儡上苍苍。

如果再有机会，希望能在春天，看看寺里盛开的梅花。

及至明末清初，皇太极称帝，令朝鲜称臣质子而不从，亲率多尔衮豪格多铎代善多路攻入朝鲜王京。朝鲜国王李倧转移家眷后亲守南汉山城血战后降清，被迫交出明朝赐予的诰命册印。但宣靖陵中，亲眼见到墓碑上刻着的年号，在明亡几百年后仍用着崇祯一百几十年和二百几十年的字样，承袭的还是明朝的衣冠正朔，不信仔细看着韩剧中的韩服的样子的渊源。

近代日本明治维新后，在与清政府宗主权的争夺中逐渐占得上风，从《江华条约》《仁川条约》到《马关条约》中的朝鲜独立。而中国在此期间所得的却是一代枭雄袁世凯，后来的故事大家都在历史课本和各种传奇演义里都熟悉了。俯仰五千年，回首三千里，最终究竟是到头一梦，万境归空。此时天色将暮，乌云蔽日，沉思往事，远眺汉江。当时不揣仿效稼圃兄，口占一绝《自得集·汉江抒怀》，送给正在看游记的你：

漠漠江风流波光，

粼粼带水映日长。

幽思忧乐何所望，

迷悟知觉两彷徨。

西被流沙

那年，我也坐在波音737的机舱里。在降落地窝堡机场之前漫长的4个多小时里，想起10年前的同样行程，以及10年之间失落和得到的。当年西域风光莽莽黄沙历历在目恍如昨日，刺眼的阳光像多年以前一样依旧照耀在机翼上，反射到眼里让人产生不切实际的幻觉。就像30年前的暑假里，躺在院子里草席垛子上，太阳晒着一页一页的小说时的光芒，和同样月份的北京相比，阳光明媚而不灼热。那时也就知道，在太阳地儿里长时间看书，如果间或闭上眼睛，再看时眼前书本的白纸会变成深绿色的背景，那颜色有些像所谓的最佳保护视力的绿豆沙色。在当年的绿豆沙色背景的小说里，早先有一本叫作《牧野流星》的小说，笔名梁羽生的陈文统先生文采翩然，在各个经典系列里都不乏经典的诗词大作。这本小说后面附的是这首诗："大地忍令浮劫火，风霜历尽订三生，少年豪气任纵横。折戟消兵歌牧野，沉沙洗甲看流星，难忘最是弟兄情。"不过这个沉沙的沙，还不是杜牧折戟沉沙铁未销的沙，而是流沙的沙。

就像如今的追剧一般，当年追小说看时恍惚偶尔意识到居然还有n部曲这类的系列剧小说，中间跨度大约有十几年，间歇性地从《萍踪侠影录》看起，中间零星看过《散花女侠》和《广陵剑》，以及大名鼎鼎的《白发魔女传》；再往后看过影片《七剑下天山》，还有在连载小说期刊里看过的《冰川天女传》；再往后《云海玉弓缘》在影视剧里看过一点点，然后就只看过这本《牧野流星》了。前后的《游剑江湖》和《弹指惊雷》是没看过的。

作为新派小说开山大家的梁先生，对于新疆情有独钟，比如上面的"天山系列"。在交通极不发达的年代，信息传递困难无比，遥远地域往往能让人产生无尽幻想。比方《穆天子传》里说周穆王西伐至昆仑之丘遇到的西王母的故事，由于年代久远诸事多不可考，就有各种匪夷所思的传闻：有说是天山天池上的瑶池西王母，有说是《鬼吹灯》里的精绝女王，还有说是古埃及女王。不过这些就像证明有神无神一样，不能证明有可也不能证明没有。究竟去验证和证实人迹罕至区域所发生往事的难度太大成本过高。

新疆相当一大片区域在20世纪才逐步得到开发，比如瑞典人斯文·赫定的一部《亚洲腹地旅行记》所载，现在手边一本红色标题黑色封皮1984年上海书店印刷，中间像是版画一般一位孤身旅者端坐骆驼之上的剪影画，里面有楼兰、罗布泊、塔里木河……让人有这本20世纪初的游记里讲的全是远古洪荒时代往事的错觉。在这一路上，可能会遇到这样的遗迹。

在吐鲁番以西二十余里的交河故城，是当年《汉书》中所载车师前国的所在地，也是盛唐时安西都护府的所在地，贞观十四年侯君集随李靖西征灭高昌时的高昌四十六县之一。与远在辽东平壤的安东都护府数千里外遥遥相望，与长安有2 000多公里流沙瀚海相隔。有次听敦煌学报告，说日本和敦煌具有某种相似性，想来说的是同处唐文化圈辐射边缘的缘故。但汉人经略西北，为的是拱卫东南。早期陕甘一带，指的确实包含今时的青海宁夏，河西走廊是内地通往西域以及中东和欧洲的必经之路。这片富庶的狭长堆积平原，自汉武帝设武威酒泉二郡开始，就成为汉人向西北渗透的前哨；而另一方面，也成了文化东西传播的必由之路，三藏法师、鸠摩罗什、张骞、左宗棠、高仙芝、悟空、薛万钧、李靖、侯君集……这些鲜活的面容从沙海到绿洲，从长安到西域，一路上喘不过气来地和早已埋入幼年潜意识的张文忠绘制的《说唐》连环画重叠交错在眼前出现，然后浑身一震睁开眼睛，原来飞机已经到了地窝堡机场的跑道。

有时一个延绵不绝的梦被惊醒，总想闭上眼继续下去，仿佛希望梦是一个平行人生，会有连续剧一样的情节一样。在短暂滑行的几分钟里，接着李靖和侯君集的故事确是睡不着了。《风尘三侠》的李靖从唐传奇开始便作了无数的主角，最近读到的一个便是王小波的《红拂夜奔》。贞观十三年，高昌国王断绝中原与西域商道，李世民召国王入朝而不从，遂命侯君集为交河道行军大总管，由时任西海道行军大总管的李靖统辖。此时李靖已年迈，太宗令李靖教侯君集兵法，但侯反称李靖将反，原因居然是李靖不教他兵法精微之处。太宗问李靖缘由，李靖却说侯君集欲反，因为所教兵法已足以安置四夷，再有所求就是心怀异志了。后来么，侯君集果然煽动太子谋反，坐实了李卫公的见微知著的判断。

　　塞外悲风切，交河冰已结。瀚海百重冰，阴山千里雪。从北京北五环箭亭桥上G7一路向西近3 000公里的吐鲁番，几乎就坐落在交河故城上，流沙瀚海之中水草便是一切。交河地表河水消失之后，现今的吐鲁番大半靠人造地下暗河的坎儿井才得以没有变成无人区。吐鲁番以东30公里到吐鲁番盆地的北缘，在现今"一带一路"对应的古丝绸之路北道边，坐落着每个孩子都知道的铁扇公主统治下的火焰山。这座维吾尔语里称为克孜勒塔格的红山，东西长近百公里，对着《西游记》里所说的"天尽头八百里火焰山"，平均海拔500米，童山秃岭，热气蒸腾，是天山东部博格达山前的褶皱地质构造，先前唐人则称之为火山。有唐代岑参《火山云歌送别》诗为证："火山突兀赤亭口，火山五月火云厚。火云满山凝未开，飞鸟千里不敢来。平明乍逐胡风断，薄暮浑随塞雨回。缭绕斜吞铁关树，氤氲半掩交河戍。迢迢征路火云东，山上孤云随马去。"

　　从交河以东送人送到火山以东，算来离长安也是近了些，而天气燥热，水汽蒸腾有限，孤云却也是符合常理。不过猜测这孤云大半的水确实源自坎儿井，不过可惜的是恐怕这来自维吾尔语的坎儿井三字，会让大家都以为这种精巧水利结构是来自异域，比如波斯语会拼成Kanatz，和英语的Canal一词看起来端的是很像。但《庄子·秋水篇》便有《埳井之蛙》，这个埳井怕是和canal的can有关。《汉书·沟洫志》也有凿井引洛水入商颜的井渠。自武帝移民屯田始，作为配套的水利设施，怕也是那时传向西域乃至西域以西。

自长安向西出天水陇西，经武威张掖酒泉敦煌这一线绿洲，而后继续向西要么北走玉门关，要么南走阳关。不过这两关早被《敦煌县志》列为两关遗迹。自宋元以降，水源的枯竭和政权的更迭以及地理大发现的种种因素，丝绸之路逐渐衰落。汉人的西部边陲，也从敦煌沿河西走廊向东回撤到了酒泉，在酒泉以西在明洪武年间设置了嘉峪关，也就是明代万里长城的西部起点，也是与东部起点山海关遥相呼应的长城边隘。不过少为人知的是，这座嘉峪关比山海关还早了9年。不过不论西出阳关还是望断玉门关，西域的起点就开始于这片被称为八百里瀚海的莫贺延碛的戈壁了。三藏法师亲身经历后形容道："夜则妖魑举火，灿若繁星；昼则劣风拥沙，散如时雨。"《西游记》说三藏法师在流沙河收了沙和尚，其实说的却应是这八百里沙河的莫贺延碛，否则出玉门关经哈密到吐鲁番的路上，如此大河当有记载。所谓流沙，也许是指戈壁之上风卷沙过不留痕迹之流沙。《大唐西域记》所说的大流沙记载说："时闻歌啸，或闻鬼哭，视听之间，恍然不知所至。"而就像孙行者隐约对着印度教猴神哈奴曼，流沙河中的沙和尚对着的则是婆罗门教外道悬挂骷髅的深沙神，而八戒则相当有可能是印度教毗湿奴的化身瓦哈拉。

沿张骞线路，北线玉门关出西域沿天山南麓经沙海过罗布泊后便是楼兰，而后是龟兹疏勒大宛，而与之对应相隔一个塔里木盆地的南线。出阳关后则是沿着昆仑山北麓过鄯善民丰于阗莎车诸绿洲，这条线据传也和去过杭州的马可·波罗行程一致。两条道在旧称葱岭的帕米尔高原汇合，而后或经伊斯兰堡南下身毒也就是三藏取经路线；或经大夏如安息至大秦条支，在此再分三路：北路经安卡拉至伊斯坦布尔，中路经爱琴海至罗马及威尼斯，南路沿西海（地中海）南岸经耶路撒冷至开罗及亚历山大港。千年以来，中古时代的煌煌丝路曲折离奇，随着历史变迁和文明演进逐渐湮没在传奇典故之间，直到19世纪末才被德国地理学家费迪南·冯·李希霍芬发掘而出。他根据《汉书·西域传》和托勒密《地理志》的描述，在西汉元朔元年张骞归国到《地理志》成书的近300年历史碎片之间画出第一条东西沟通的古道，当时命名为 die Seidenstraβe（塞登大道），也就是我们所说的丝绸之路的原因。大半是陆路运输成本太高了，只有当时能和等重黄金同价的中国特产丝绸才有利可图，而汉代以后西方已可生产丝绸，这可能也是丝绸之路消亡的重要原因之一。

除南北两线之外，在隋唐时又开辟了一条经如今乌鲁木齐的新北线，出敦煌经哈密迪化塔城伊犁经中亚草原里海黑海。在这两条北线之间，终年冰雪覆盖的天山山脉横亘新疆，自欧阳锋的白驼山出发，经昌八剌（今昌吉州）三工河冲积区，进入山口的葫芦状谷地中溯源而上，就能得见风光如画的冰川堰塞形成的天山天池了，也是《穆天子传》里会见西王母的瑶池圣境蟠桃会的所在。池水摇漾，雪山空濛，数千年来此景依旧，不同的是在此相会的人心总在希望和绝望之间相互转化，穆王何事不重来？果然只是约会久候不至的幼妇齑臼啊。

在乌鲁木齐的宾馆餐厅里，吃着简易早餐远望天山，此情此景不知多少世居于此的人们看过。中亚操阿尔泰语系（Altaic languages）

人群中，所属语族分为蒙古语族、突厥语族、满—通古斯族。朝鲜及日本语部分也属于阿尔泰语系。这里的阿尔泰山，也被称为金山。黄金的说法，在蒙古语中拼为ahtcin，维吾尔语中拼为altun，而满语则为aisin，也就是爱新觉罗的爱新。从公元前3世纪塞族人开始，其后裔匈奴鲜卑突厥和汉藏诸族你方唱罢我登场，宗教也由早先的朴素萨满教和具有极大包容性的佛教，自唐帝国高仙芝坦罗斯之战和安史之乱后的从中世纪开始到16世纪近六七百年间，被喀喇汗王朝和元察哈台汗国一步步取代为伊斯兰教，其中尤以喀喇汗王朝对于阗历时四十余年的灭佛战争为甚。

写到这里时，翻出了青年时代偶然碰到后又翻阅无数遍的科考行记《无声的塔克拉玛干》，不胜唏嘘之余。遥望现如今的首都北京，遥望拱卫京城的长城的那一头，遥望来新疆前去过的另一处关隘司马台长城，想起一个民族能在数万数千年来存活下来的种种艰难苦痛繁霜鬓来，也只有如老杜一般，举起粗制豆浆权作我的潦倒新停浊酒杯，为这人间世举起灰黑的手一饮而尽，可叹来世不可待而往世不可追也。

有分教：

> 故人西行将出塞，
>
> 送目登临司马台。
>
> 西被流沙东入海，
>
> 料敌楼下月皆白。
>
> （《自得集·司马台》）

大壑移民

话说人类智慧初开未开之际,有南海之帝悠与北海之帝忽,一日来到中央之帝混沌那里,受到良好款待而无以为报,忽悠就合计说,人都有七窍以视听食息,混沌却没有。于是每天给他开一窍,等到第七天的时候,混沌就死掉了。这,是庄子对那段日子的解释。《圣经·创世纪》里,说神的灵魂在混沌之地深渊之上,在六七天里说要有这要有那,于是啥就都有了供人取用,其中偶然还发现按教义人应该吃素才对。这,是西方对那段日子的解释。漫长的进化,使得古久以前的事情,尤其在没有语言文字为载体的情况下变得绰约恍惚,留下无尽猜想和揣测。

比方在对史前蒙昧时期的著述中,《山海经》就让人向往非常,里面山水鸟兽神医巫蛊无一不足。说是荒诞不经,但说靠神游物外地这么大规模系统性的猜测恐怕也不尽然,只要你将眼界放得再远些，没准儿就会有新的发现。《山海经》现存的18卷（《山经》5卷，《海经》13卷）中，尤其是《东山经》诸山自古以来无从寻觅，兼之各种奇怪头尾的动物无法佐证，因此一直以来《山海经》这本书总被视为无稽之谈，纪晓岚在编《四库全书》时更是将其直接塞到神话志怪类中。可是，事实是这样吗？美国学者亨利塔·莫茨援引此书，给出我们一个有理有趣的答案。

要之，她的结论是印第安人本华夏族裔。北美中西部海岸山脉等四座山系，正对应着《东山经》的四条南北走势的㯃𪔵山、空桑山、尸胡山和北号山山系。在《大荒东经》里所谓之东海之外大壑，以及《列子·汤问》中的所谓的无底之谷，则更是对应着逶迤磅礴的科罗拉多大峡谷。那么，数千年前的华夏人，是怎样刚毅果敢地翻越重重雪山大漠漂越重洋巨峡，以至天下四级并留下这部皇皇巨著的？如果你不信，请看一看印第安人，以及从东海之滨沿太平洋沿线顺时针而下的北美中美而至南美，那些世居斯地的土著们，面貌上和我们有什么差异，换上同样的装束后你真的能分得清吗？于是我们且向这远古大壑来看个究竟。

大峡谷两岸赭红色巨岩壁立千仞，日光掩映之下奇幻瑰丽。可甫见此景，心中响起的却是当年宿舍里敲门对的清末天地会的一句切口："地镇高岗，一派江山千古秀；门相大海，三河合水万年流。"按《洪门秘笈》的记载，原来描述的，本是福建云霄高溪的一处景致。落基山脉以东广袤宽阔的科罗拉多高原，顶部从空中俯视看起来平畴千里，下面却是暗流涌动，数万年来蜿蜒奔流的科罗拉多河河系侵削切割出十数个峡谷来。更妙的是，两侧绝壁的崔嵬巉岩的一层层水平地质断层更是如实记录了亘古万年的漫漫历史。

地学中，地质年代分为宙代纪世期，准确地说，现在属于显生宙新生代第四纪全新世亚大西洋期。我等大多数人所仅知的侏罗纪，在往古来今的过往中不过也是沧海一粟耳。要之，在我们现今所处第四纪中，随着多次冰川的作用，爬行动物几近灭绝，被子植物兴盛，大型哺乳动物由盛转衰，更有证据表明原始人类及其文明的曙光开始出现。

现代人类之起源地点，一系列化石体系支撑的现在主流学说是在非洲东部。丛林中的类人猿由于气候的变化，来到地面活动寻找食物，逐渐两腿直立解放上肢，进而使用并制造工具。随着社会组织复杂度的增加，智慧得以产生，也许就在同时，食物驱使着当时的人类开始艰辛的持续数万年的长征。首先一路向北到达尼罗河流域，旋即到达中东富饶的两河流域，在此形成迄今可见的早期文明。一支经地中海或沿岸来到巴尔干和亚平宁半岛，一支穿越末次冰河时代低海平面的红海上所谓悲痛之门曼德海峡进入阿拉伯半岛，并进入印度次大陆。而后西北向的一支奔乌拉尔山以西及东欧，北欧以至西欧；东向一支沿海岸线进入中南半岛抵达老挝越南境，经无数岛屿跳跃而至澳大利亚；东北一支则抵达中亚并经河西走廊来到中国及朝鲜日本；然后，中国一支又沿东北亚海岸线一路前行，至北极圈经白令海峡至于美洲，形成爱斯基摩人和印第安人，并由中美以至南美。至此，人猿族崛起并占领全球。

《山海经》里只言片语的证据是这样的："帝命竖亥步，自东极至于西极，五亿十万九千八百步，竖亥右手把算，左手指青

大壑移民

丘北。"这些古早古早以前的地理勘探，录入《山海经》存入官方档案，为后来可能的华夏文明早期迁徙指明方向。一说3 000年前，武王伐纣牧野倒戈而攻破朝歌后，侯喜等所率25万大军不知所踪，同期中美洲便紧接着突然出现了同样崇尚玉器的奥尔梅克（Olmeca）文明，因此有猜测说殷人不甘为奴，编队沿《山海经》指示路径，乘北太平洋洋流进入西风带，逃亡至北美大陆西海岸，云云。

哥伦布地理大发现以来，新大陆以黄金白银为咒语，驱动着西班牙人葡萄牙人等一众欧洲人一艘艘地将枪炮宗教疾病，当然还有基因，全方位地带到美洲。在形成今天多元的拉丁文化的进程中，这些人通过屠杀土著、传染疾病和捣毁神庙，消灭和瓦解了玛雅文明、印加文明和阿兹泰克文明，从此整个印第安文明淹没于茫茫史海而不可再得。而在北美，五月花号以及感恩节的故事虽然表现了早期清教徒新移民与印第安土著的相安无事的美好景象，但实际上却也是征战连连。由于社会结构松散，印第安部落往往被分化作为工具或镇压独立军或攻击宗主国，或抵抗北方军或杀向南方军。尽管北美印第安人本是迁徙不定逐水草而居，但随着殖民地占地原来越大，自然和当时的英国冲突不断。英王遂与各部落约定阿拉巴契亚山脉以西移民不得越界，可美国独立后自然不会再遵守，潮水般的盎格鲁散克逊人后裔，和着印第安人的血泪，越过高山越过平原，最终"良心发现"画地为牢，给幸存下来的印第安人划定了星星点点的保护区，比如大峡谷这里。

如今在诸如《与狼共舞》这样的西部片里还能依稀看到当年的

景象。历史永远是胜利者的历史。影片里孤胆雄心的英雄们,假装不知道印第安人是美洲大陆的原始居民,利用不同部落间的仇恨和偏见分化瓦解他们,最终占领了这片得天独厚的土地。这些权术在如今的印度巴基斯坦和克什米尔的现状还能看得到端倪。如今的世界,不同种族和文明如果做不到自强不息,不强大自身的力量,就会被残酷无情无理取闹地消灭掉。依靠物质的极大富足,使人类变得博爱平等,这个,真的可能么?倚着栏杆,俯视胡佛大坝这个当年美国国力象征的巨大建筑,不由得越想越是胆战心惊。

殷人东渡的故事姑且可以一笑置之,但你看着文明冲突下着实发生的数千万人的丧命,你当真能笑得出么?更何况这些人又可能是和你有着相似的基因和血液的远古遗民。海明威在《丧钟为谁而鸣》里,曾经引用英国玄学派诗人约翰·多恩(John Donn)的诗作,却正是应景之作。约翰·多恩的《没有谁是一座孤岛》写道:

没人能是一座孤岛,每个人都是整个大陆的一部分。

浪花每冲刷掉海角的一块土壤,这个大陆就会少一块。

你我也是如此。

谁的离开都是我的损失,因为我也是人类中的一员。

别问丧钟为谁而鸣,它正为你而响。

路过之地

我路过过很多城镇集市,但此前却从没想过有一天,会行经一个地方就叫作"路过之地"。

印象里国外集市最著名的该是保罗·西蒙为《毕业生》这部电影所写的《斯卡布罗集市》(Scarborough Fair),在清扬敏感而悠长的曲调之中,反复吟唱的欧芹、鼠尾草、迷迭香、百里香(Parsley、Sage、Rosemary、Thyme)四种香草,暗含的寓意是爱情、力量、忠诚和勇气,也刚好对应这电影的价值观。影片里少年老成的达斯丁·霍夫曼,从出场时深重的呼吸伴随的寂静之声开始,历经风流罗宾逊太太的不伦挑逗和她美丽女儿莱恩的心动爱情,夹在矛盾之间的大学毕业生倍受折磨,但成长中的青年人最终没有屈从于一步步紧逼而来的冷酷现实。影片结束时,当两个青年人携手坐在公交车后座上时,寂静之声再次渐渐响起,达斯丁的满面笑容也渐渐变得严肃起来。这故事发生在20世纪60年代的美国。随着歌声,在一条鹅卵石铺就的狭窄清冷小巷里,远离身后的喧嚣人群,一个人踽踽独行走向步步虚空之间的黑暗,但与影片开头不同,经历了分分合合波波折折后,此时的寂静之声中似乎隐约带着希望。

如果说斯卡布罗集市这个英国小镇孤悬海外所经之人不多的话,那么深处欧洲大陆此处的海德堡,则是地处四通八达的要冲之地。从法兰克福到斯图加特,在途经莱茵河支流的内卡河时,很多人路过这个城市时都留恋不已,塑造过加西莫多的维克多·雨果到此之后无法自拔,描写过《少年维特之烦恼》的约翰·沃尔夫冈·歌德到此之后就说自己把心丢在了这里,而马克·吐温说此处是他到过的最美之地。

早年间的德国人或者说日耳曼人居住在莱茵河右岸。自日耳曼人法兰克部的查理大帝,据说就是扑克牌里的没胡子红桃老K,他取代西罗马帝国建立神圣罗马帝国以来,就开始了德国的第一帝国时代。而后帝国分崩离析,变成了东法兰克、西法兰克和中法兰克三个帝国,大致对应着如今德国、法国和意大利的疆域。东法兰克大部也成了松散的莱茵联邦,各路诸侯各有领地城堡,普鲁士逐渐兴起,也就有了无数格林童话里的国王王后王子公主。再后来就是法国大革命后有普鲁士参加的反法同盟,在奥斯特里兹三皇会战被拿破仑所败,灭了神圣罗马帝国。几十年后俾斯麦得威廉一世赏识励精图治铁血治国,普丹普奥普法三场战争下来为德意志第二帝国的建立奠定基础,可惜后继的建造过勃兰登堡门的威廉二世改弦易辙轻起战端，最终一战身败国破成为笑柄。再后来的魏玛共和国，以及希勒特纳粹德国的第三帝国就是我们历史课本上熟知的了。正在浮想联翩，不经意已经走在波光粼粼映照之间的老布鲁克（Alte Brueke）古桥上了。眯着眼睛俯视穿城而过的内卡河水在夕阳下悠悠流淌，却想起汪元量的一首小诗：

灌州河水曲如弓，

青草坪边路向东。

船过州南忽奇绝，

一如湖上藕花风。

但这座桥却并非旧物，而是在二战后由此处市民发起重建的。据说本来盟军进攻德国时，决定留一个城市不轰炸而作盟军司令部用，一位当年曾在海德堡大学读书的美军将军用红色铅笔圈选了这个城市，可这座16世纪的古桥终究还是被德军自己炸掉了。古城古城，美国是没有的，欧洲是很多的，我们也是很多的。可留在现在，被这样拆来拆去的名城除了名字还剩下多少？与新中国成立后梁思成奔走哭号的北京类似，维克多·雨果在完成《巴黎圣母院》后，在目睹巴黎无数文物建筑拆除之后也写下来向拆房者宣战：我们美丽的老巴黎已经所剩不多了，可他每天仍在拆下去……最终推动法国在17世纪末制定了第一部《文物建筑保护法》。这是另一种的50年中言定验吧，清华大学建筑系的梁思成和南京中央大学建筑系的陈占祥提出的在京西建设新行政中心的方案,究竟成了北京市在京东的通州迁府的现实。旧城墙门楼拆尽,衮衮诸门只剩得在地铁站名存活下来。君不见德里外有新德里,京都东还有新东京!

原来便横跨内科河南北两岸的古桥,由选帝侯卡尔特奥多建于16世纪末,南岸的桥头堡是老城的城门口,旁边便有他的雕像。但更抢风头的则是桥头的铜猴雕像,就像斯芬克斯一样,向这路过之地的异乡过客们问着问题。

你为什么这么看着我?

难道你没有看过老猴子?

在海德堡四处转转吧,

你会看到很多我的同类。

右手做着非常六加一的手势,左手握铜镜该是让路人们照照自己的样子反省一下吧,像是在问,你为什么这样看着自己?难道你没有看过自己?在这里转转吧,人们都是这个样子的。有趣的是,猴子雕像头部是中空的,好多游人都会将头伸进雕像留影照相。那么,拍摄的是人还是猴子?是雕像还是自己?这个历来以哲学闻名于世的城市给过路的人们还是留下这样的思考题了——到底我是谁?

古桥南北各有一个雕像,南面的是建桥的选帝侯,北边则是雅典娜。在南面雕像下看着桥墩,密密刻着30厘米刻度的高度标记,而每年洪水高度也都做好记录,就像哈尔滨的抗洪纪念碑一样。向北望去,越过雅典娜的雕像,隐约能够看到有条著名的"哲学家小路"(Philosophepath)与河道平行。据说黑格尔任教海德堡大学时就经常徜徉其间,那么同样在此的费尔巴哈、席勒和歌德们呢?

哲学和科学是一样的么?如果说科学可以经由公式语言来固化下来便于学习,那哲学呢?什么是真?什么是美?什么是存在?什么是欲望?什么是空?什么是有?我是谁是我,你是谁是你,从哪来到哪去……一旦搞清楚其中的某一类问题,比方太阳月亮的运行轨迹,那么这些原来的哲学问题便会形成科学,但这些主观性很强涉及人性的问题,仍然终究在哲学这个大筐里分不出去。可你要知道,只拥有一点点肤浅的哲学知识是危险的。康德谢林叔本华海德格尔们,能沉醉于抽象世界为我们的精神点燃一座座灯塔而不再孤寂。他们理智克制诱惑,耐性超脱烦躁,静思而不致沉沦。也许德国人乐于做这些事情吧,也许进入状态后确实会觉得思维本身是充满快乐的,对这种心流的精神力完全投入真的会带来高度兴奋和充实吧。不过,一旦这种思辨再和敏感心性混杂起来,确实会带来无穷烦恼,比方歌德的成名作《少年维特之烦恼》(Die Leiden des Jungen Werther),比方英俊少年里的那首歌眼望四周阳光照的《小小少年》(Kleine Kinder)。

海德堡的堡在16世纪被法王路易十四攻陷。现在这座当年欧洲最大城堡之一的城堡也只余下王座山上的这座城堡正门,仍可看到残垣断壁上的精美雕塑和恢宏气势,里面据说还有世界上最大的酒桶。不过在这样的城市里,在这样的美好夕阳下,不如沿着主街中央大街游游转转，找家可心的咖啡店或者甜品店，坐在露天椅子上晒着太阳看着来来往往的人们。去得匆忙，有家大有名气的"学生之吻"巧克力店没有见到，可对于这么美的地方，也该留点遗憾才是。

不经意间还路过一家大众艺术博物馆的门口，南亚次大陆上的小乘佛像跏趺端坐在门口右手边，颈着白色丝带，在这座哲学之城冥想思辨，不知修得罗汉果没。皮囊东西方虽然迥异，内在意识却无二致。同样的爱河欲火痴心妄想，同样的要勘破想清，同样也得欲平苦海浪先干爱河水。佛这么远来到这里，算是西方佛还是东方佛呢？原来却是如来佛无差别吧。当年在沙坡头手握一把尘土写下个偈子，当时以为自己悟了，现在回头看，见山又是山，原来才看懂自己当年写的东西。这算是当年的福至心灵通达未来不？那个偈语说：一灯一经了挂碍，一诗一酒也开怀。一灭一起因缘法，一沙一尘总如来。

行路难，行路难，走在这"路过之地"铺着猫脸石颠颠簸簸的小路上，原来我和街上的每个猴子一样，也是四顾彷徨一脸茫然。

天路仙那多

何处合成愁，离人心上秋。随着白天越来越短，人们心下也越来越会无端愁闷。统计数据表明，世界上抗抑郁类药物销量最大的国家是冰岛、加拿大和澳大利亚。尤其是越接近南北极圈，有类似极夜现象的地方，人就越容易想不开。实验室来的芬兰小伙儿埃米尔，说冬天他们那里只有6个小时的阳光，每天百无聊赖，只好窝在室内做运动。我们么，豪情狂放的苏大胡子到季节了，也会捡尽寒枝不敢栖；倾荡磊落一腔忠愤的辛幼安，也只能欲说还休欲说还休；多愁多病的林美人自不必说，所谓秋花惨淡秋草黄，那堪风雨助凄凉，颇合其一脉葬花特色。当年的叶倩文，在她的黄金年代里也有一首《秋去秋来》歌，也就是很多人都很熟悉普通话版的《哭砂》。然而叶的粤语歌词却味道迥异："秋来也秋去千千片红叶跌坠，如完成凄美的程序。"沉淀下来的名诗美曲都有着隽永的好句子，也都有这让人沉浸其中的代入感。

在今天的异乡的夜晚，刚刚下过一整天雨的潮冷空气里，很是怀念两个月前阳光明媚的秋光秋山秋色。驾车盘旋回绕在狭长的仙那多（Shennandoah）国家公园山脊的天路（Skyline）之上，左右赭红黄绿五色纷呈，一路薄荫闪烁流光溢彩，都随慢悠悠的薰风流进车窗。有一首仙那多的同名歌曲很适合驾车的时候听，挪威女歌手西丝儿（Sissel Kyrkjebo）的版本清澈悠远；维也纳童声合唱团的版本温柔纯净，都是极应景的。

仙那多本是北美印第安人酋长女儿的名字。这首歌说的是当年白人西进时一个高富帅商人爱上这姑娘的故事，歌曲深受水手们的喜爱，并经由他们在这片广阔大陆上广为传唱。西丝儿的声音有人说很像恩雅（Enya）和席琳·迪翁（Celine Dion）的混合体，其实差别还是很明显的，不过这首歌的作曲和新世纪（New Age）音乐放在一起比较，区分度确实不够高。话说当年准备英语奥赛糊里糊涂买了几张恩雅的磁带后就欲罢不能，现在一想起她来全是凯尔特人（The Celts）里面跌宕起伏喘不过气来的鼓声。

正如一般人欣赏交响乐其实完全不需要乐理知识和想象能力一样，听一种完全不懂语言含义的歌曲时人的感觉往往是很准确的。比方凤凰传奇和腾格尔偶尔冒出的几句蒙古语，在歌里比汉语的表现力确实要强一些，所以语言有时会阻碍人们的感受。上次看石刻的介绍时才知道摩制崖石刻和雕版印刷的匠人大多不识字，即便是识字的也要反过来倒着刻字。说远了，不过这些投入感情的歌唱中，尤以能作悲声者为上。另外西丝儿还有一首挪威语歌曲叫作

《教我看你指的路》（Laer Meg A Kjenne），可堪一听。

> 蓝岭曲曲一路秋
>
> 绛朱深碧染晴柔
>
> 西望素云家万里
>
> 归思入梦寄谁收

《白得集》中的一首《秋思》，说的正是我的那时那刻。越过中间一片平缓的谷地，远处依稀一片不尽山峦，翻过后才是支流众多蜿蜒注入墨西哥湾的密西西比河流域。在那片黑土地上出过连上帝也会钟爱的马克·吐温，除了几篇历险记和密西西比河的旧日时光等，更神秘的是他的共济会会员身份，一个和丘吉尔、柯南·道尔、杰斐逊、莫扎特、普希金、亨利·福特、鸠山一郎、李嘉诚这些人一般，都是这个神秘组织的成员。也不知是真是假，有人说这不过是个谣言。

话说这个组织宣称要通过提升个人内在美德以促进人类社会完善，但很多人却怀疑它有着不为人知的统治世界建立世界新秩序的秘密计划。典型的一个标记是去掉尖的金字塔上有双全能之眼，现在一美元纸币左边的圆圈里便有。还有一个徽记是圆规方矩和字母G，是会员用来完成个人实践以突破三重黑暗来重见理性光明的工具。但阴谋论的观念认为，共济会在法国大革命、北美独立运动、以色列复国乃至刺杀肯尼迪这些事情上都有很大的嫌疑。

阿巴拉契亚山脉绵延不绝,两侧风光却是迥异,转过身来东面望去,郁郁苍苍的山麓地带皮埃蒙特一直延伸到大西洋边的海岸平原。一岭之隔,气候不同植被也是不同,虽然没达到一山显四季、十里不同天的异象,心下也觉得有趣。

美国的国家公园始于19世纪后期的黄石,用来保护自然风光和野生动植物,为人们提供休闲享受但不受破坏,并将之流传给后代,大致对应于我国的国家级风景名胜区和自然保护区。有名的公园除了黄石,还有大峡谷、优胜美地、大提顿等。这些公园大多位于美西,但在东部确实很少,感觉像是为了建园而建。全长800多公里的蓝岭公园路所连接的仙那多和大雾山国家公园,游客确是极多。此处公园20世纪40年代由富兰克林·罗斯福(Franklin Roosevelt)敦促建成,罗斯福(Roosevelt)本是荷兰姓Van Rosevelt,原意为"玫瑰原野"。尽管二战时富兰克林·罗斯福赫赫威名,但拉什莫尔山的四位总统雕像里的罗斯福并不是他,而是他的远房内兄塑造现代美国的西奥多·罗斯福。

一路到了国家公园中段的大草地(Big Meadow),停车时等了一会儿,在美国很少见到车位这么紧张的时候,即便是假日里的国家公园里,天路上的车也是稀稀疏疏,完全没有咱们把景区公路当停车场的气派。去大草地的路上刚巧见到树下的一头小鹿,刚巧也符合摄影构图原则,所以给它留了个影,只是不知是不是穷游网八袋长说的那只。

这个季节的大草地说不上繁花相送,近处的徒步小径(Hiking trail)也来不及去转。在半人高的野草中四顾茫然,只见浮云连阵没，秋草遍山长。如果没有转向，能发现在天路东侧远远的草地中有块硕大的平顶石块，半躺在上面休息了良久。下次如有机会，可以预订这里的露营区，还附带水电烧烤设备等，只是需要提防野生动物，不过这也是零距离接触大自然的代价。

阿巴拉契亚山脉北起加拿大纽芬兰，南至亚拉巴马州，是这片大陆的天然屏障。早期十三州殖民地受制于此，分布在山东的狭长地带。只有中间的坎伯兰隘口开辟后，在这周边的内陆要塞变成了白人和印第安人的血腥战场，这条天路上的观景台，怕正是当年的一些易守难攻的据点。而妮可·基德曼饰演电影《冷山》里中的冷山也正对着这条山脉的南部，我们在感慨作为电影舞台背景的南北战争残酷外，也在心底为英曼与艾达的重逢暗自盼望。虽然这电影散文诗般地不食人间烟火，但还是感觉得到世上又有纯粹爱情这回事了，不全是搞笑主题电影里不着四六地等着看谁先认真谁就输。从前的世界，不是这样的，你看木心的《从前慢》：

记得早先少年时，大家诚诚恳恳，说一句，是一句。

清早上火车站，长街黑暗无行人，卖豆浆的小店冒着热气。

从前的日色变得慢，车、马、邮件都慢，一生只够爱一个人。

从前的锁也好看，钥匙精美有样子，你锁了，人家就懂了。

飞度镜湖

  清静萧索的雪夜里,偶尔几声狗叫,月亮正圆,照得院子四下里一片光亮,白茫茫地分不清天和地。在刚刚通电不久的乡间草毡土房里,我蜷在滚烫的炕头上的被子中支着眼皮,有一页没一页地翻着一本皮儿都没了的小说,思绪却早已和203一起飞到老爷岭奶头山,幻想着怎样跨谷飞涧直捣仙姑洞,活捉猖狂的土匪头子许大马棒,可他的面目却又变成了乌龙山的钻山豹和榜爷叠在一起的样子,然后不知不觉地和着土炕的土腥和烟熏混杂的味道沉沉睡去。

  多年之后,知道了这里的老爷岭,满语本作"拉延黏力",意思是蔫了吧唧,指东北严寒时山上草木凋落的样子。西边平行的还有一座张广才岭,满族唤作"遮根猜亮",取吉祥如意的意头。中间好大的一片林海雪原,本是唐渤海国上京龙泉府故地,后灭于契丹人耶律阿保机之手，而后金元明以降，努尔哈赤一族自此兴兵取了天下，在清史中这里还有个熟悉的名字唤作宁古塔，现在我们称为"中国雪乡"的双峰林场就在附近。

在汉人眼里，宁古塔除了寒苦天下所无，春天咫尺皆迷的大风、夏天的连绵阴雨以及秋天的大雪坚冰，也让探望被康熙发配到宁古塔父亲的忧郁杨大瓢，不仅留下了"泣月天边雁"和"悲风塞上笳"的句子，还将一路访闻撰成了著名的《柳边纪略》一书。

现在这附近最大的城市是牡丹江市，南下100多公里有一处号称百里长湖的S形镜泊湖。以镜作湖名，绍兴有，芜湖有，襄阳有，临河有，乃至世界各地也不在少数。段正淳的镜湖映的是星眸竹腰，李太白的镜湖映的是天姥山边一夜飞度的镜湖月或者是他的明月奴。在一个波诡云谲的早晨，我也朝着此处的镜湖飞度而来。

镜泊湖是天下少有的高山湖泊，和天池不同，第四纪中晚期火山玄武岩浆，堵塞了牡丹江道而成的巨大的堰塞湖，北深南浅，有北中南上四个湖区。湖景天然自成，只见浓厚的云朵缀满天际，阳光从缝隙中穿过，远处山岭半青半碧，舟下水波微频泛滟，心中念的却是沈从文的一句话：我就这样一面看水一面想你。

沈从文还说，任何一个作品上，以及任何一个世界名作作者的传记上，最动人的一章，总是那人与人纠纷藤葛的一章。想起他和张兆和间顽固的爱与不爱的故事，以及乡下人喝杯甜酒的故事，就会不自觉地心下可乐。

镜泊湖八景，一楼一门三山三砬子，说的是吊水楼瀑布、珍珠门、大孤山、小孤山、道士山、白石砬子、城墙砬子、老鸹砬子，其中砬子说的是山上耸立的岩石。而有名的吊水楼瀑布，在镜泊湖北端出水口，每至丰水期瀑布的模样，和尼亚加拉的马蹄瀑布极为类似，只是落差小了一半以上。还有，常年在崖上穿着红短裤跳水的人，名字叫作狄焕然。

丰沛的水资源自然要考虑利用，镜泊湖三个出水口除了吊水楼外都建造了水电站。最早的镜泊湖发电厂于1937年开始修建，据闻，招募的数万民工最后只剩下3 000人，然后也被灭口。镜泊湖发电站第一台机组于1942年发电，1945年日本战败时被纵火破坏，1946年得以修复并为牡丹江市供电。第二座水电站建于1978年。

我总疑心艾宝良播音的那两段"绝地勘探"和"绝密飞行"，说的虽是在中蒙边境地下暗河的大坝，但总有镜泊湖的影子。故事说，"文革"前一批地址勘探队员，看到了高层才能看到的零号片，地下1 200米有一架日式重型轰炸机，围绕着这匪夷所思的事实，723地质工程大队包括"我"和袁喜乐进入地下深渊，逻辑上居然发现了回到过去的方法。可这也许并不是一个单纯的奇幻的勘探纪闻，看起来更像是对人性美好时光以及其中纠纷藤葛永远延续的一种盼望。从火山口地下森林的这一幕看来，更像是那无底深渊的入口了。

地下森林的成因，多半是火山灰和火山口内壁岩石剥落后形成丰沃土壤，鸟兽将种子带入后久而久之形成天然的森林。走过的人造石径近旁，说是有几株参天紫椴，开的花酿的蜜是极好的，也知道木材是做顶级乒乓球拍的好材料。

吊水楼瀑布之所以壮观，是因为今年雨水出奇地充沛，甚至充

一路向北

沛得漫过田野，漫过公路。一路上看得好多车牌落在水底。车上司机极有经验，涉水前将车停到路边，让大家把行李提到车上来，前面的车就湿得一塌糊涂。

很多人都想不到，原来苦寒的宁古塔，会有这样秀美的景致。古代帝王为显示仁政慎刑，将重守家兴祖的汉人动辄流徙千万里，与披甲人为奴也好，强制劳动改造也好，这类制度并没有改变人，更多的是在消灭人。杨度的《柳边纪略》，在作者经历了和目击了这些罪恶的制度对人的摧残，也为后人留下了解人性可怕一面的镜子。这些，是我的镜湖映出的景象。

不管怎样，该回家了。《边城》里讲，照规矩，一到家里就会嗅到锅中所焖瓜菜的味道，且可见到翠翠安排晚饭在灯光下跑来跑去的影子。可是，她等的人，也许永远不回来了，也许明天就回来。

兰若潭柘

开蒙认字以来，家里的书或者叫有字读物，几乎被我擢落个遍，在我攻无不克地刚刚啃完10本《天龙八部》和4本《笑傲江湖》之后，淘出了书箱底下上下两册的《聊斋志异》，试着之乎者也查了两天字典之后，不得不无奈地放回箱子里。后来学到文言文后才知道，原来我们以前居然都是这么读写谈吐的，这对于三年级学生的阅读来说还真是难，哪里有《聊斋志异》这部鬼狐剧刺激给力还通俗易懂的。

《聊斋志异》里面有一篇《聂小倩》，数经改编拍摄影片《倩女幽魂》，尤以张国荣神采如玉的宁采臣版令人击节叹赏。原文有"宁采臣，浙人，性慷爽……至北郭，解装兰若。寺中殿塔壮丽，然蓬蒿没人，似绝行踪……"这里面的兰若，其实当为寺院之意，《聊斋志异》中出现了十余次。兰若是梵语"阿兰若"的简称，原指森林，指寂静无苦恼烦乱之地，后指代寺院，可是电影中却直接给了兰若寺的名号。

北京寺院极多，若论名气当首推潭柘寺。此地"皇气"深重，禅音如沐，花雨飘香。清明之际，满城春心涌动，出城高速尽堵，所以这里也是一个好选择。西六环出卧龙岗桥，过苛罗坨，经戒台寺，行20余里上山就看到好大一片停车场了。

潭柘二字本是寺庙周边的两处景致，百姓因利乘便以讹传讹成了这个名字。上一个官方名字是康熙赐名的敕建岫云禅寺，但习惯与传统的力量，还是要大于所谓官府和行政的一厢情愿的，比如全聚德和狗不理。自西晋建寺以来，这里一直是幽州地区的佛教中心之一，香火相传，保存尚佳。甚至姚广孝给永乐帝修建北京城，也是从潭柘寺的布局和建筑中获益良多。太和殿就绝类这里的大雄宝殿，这可能才是先有潭柘寺后有北京城的真正原因。来的时候，毗卢阁旁的玉兰开得刚好。

引得游人如织的除了随喜上香的请愿，其余的一多半便是为了这应景应季的"绝代二乔"了，毗卢阁东明代植下的两株玉兰，花瓣兼有紫白双色，娇艳异常，满地落英。有清一代诸位帝王省耕时节多来此进香，有时还题诗留念，乾隆自不必说，嘉庆也有诗句云："花雨诸天净，圆光万象周。"隐隐有入禅意，如果不是像老佛爷那样找人代笔，不知皇爷当年有过什么顿悟。

这座潭柘寺之于大清，想来犹如崇圣寺之于大理。大凡寺院，讲究一点，都是一入山门；二见天王殿，即弥勒殿，弥勒左右是四大天王，背面有锦衣韦陀；三拜大雄宝殿。这里供奉的是华严三圣，大雄释迦牟尼结定印和触地印，身旁左文殊而右普贤，这几个建筑都是一样的。第四个往往是本寺主供佛陀菩萨，也是我每次逛庙参观的重点，在这里就是毗卢阁供奉的大日如来，而后则是五法堂、六罗汉堂和七观音殿，这就是所谓明清以后定型的七堂伽蓝的基本制式。这座楞严坛外形有天坛的影子，但不在寺院的中轴线，所以猜测当是本来的法堂。因为楞严咒本来就是修行比丘在末世免受诱惑、断却烦恼和净性明体的必修课。

观音殿也不在中轴线上，但近旁这条铜陨石墨绿石鱼也是潭柘一绝，和所有咱们很多雕像一样，都有摸哪哪灵的神效，只是一次10块钱。来的时候，一姑娘被小伙推到前面，欲碰还羞地擦了几下中间的鳞片就满脸通红地扭身要走，一旁收钱的大妈过意不去了，比比划划地让她充分全面地摸上一遍。看来香火不错，不过这还是不及这次学到的一种营销模式：有些殿阁只供油不供香，门口专卖瓶装灯油，佛前满了再回收，绿色环保，随喜从心。

进寺前，看到著名的猫住持躺在入口假花丛中酣睡，出来时它又趴到出口的木台上继续着黑甜一觉，就像在上班和下班，不知道是在做吃鱼的梦，还是在等有缘人。就像罗大佑在《再会吧，素兰》里唱的几段闽南话：

  上班兼下班交换班的人生车站，

  人生的上尾站等无阮的人。

  轮班来值班的心事讲未完，

  一班过一班阮犹原块留恋。

南北明陵

应酬日多,自然人也见得多,一口烟酒嗓的单田芳评书用语之一,就是"人上一百,形形色色"。人们喜好眼界生平经历都不一样,能学习的机会自也不少。有次饭局前和某总工聊天,聊到他一直在追《罗辑思维》这档谈话节目。我是在一年前易信刚刚发布时偶然首次看到罗振宇这个胖子的,但不像《晓说》那样追着看,回来后就在手机里下载下来上班路上听了开来。

有一次罗胖谈到因果,东西方在这一点上着实有不一样的看法。我们这佛道都说敬畏因果,大抵是人总是要对经历的万事给出个合理解释,以指导以后行动,知道有所为有所不为的社会行为规范。西方人如休谟,就说因果并不存在。这无非是世界一堆相关联的事物而已,只是在你的脑子里把它们拼成了因果关系。从统计学角度讲,简单系统里排除诸多干扰因素外因果就是相互关联的因和果，或者相关系数为1并可由因可以预测出果；但譬如股市政局这类的复杂系统里变量一多，有些事的相关性就似是而非，或者计算出来的相关性表现为0和1之间的一个数，遑论因果。不幸的是，相关性和因果总被人刻意无意地混淆。比如老师说努力一定成绩好，但同学邻家孩子努力得老师都佩服，但成绩可能平平都达不到，这里面的一定就暗示了因果。其实还有很多智商天性天时地利等各种原因没去提，堂堂励志训话变成了伪科学的伪相关。

啰唆这么多，是要引出一个人来。明代思想界两个大拿：一个是"我心光明亦复何言"的余姚王阳明，另一个就是"天下兴亡匹夫有责"的昆山顾炎武。明朝300年江山，从更名朱元璋的意气风发追亡逐北到南明划江而治而不可得，其原因分析书盈四壁，从高度和深度上讲顾炎武的分析相关性是我目前看来最高的。明，也亡于空谈。陆王心学一改程朱理学之弊，从天理人欲、理气道器等角度的论述固然有本质差异，去除桎梏，开启良知，但及至晚明心学却已成大害。内释外儒，当真是陷于禅学亦可怜，空谈误国夜不眠，非孔子之真。理论如果要持续指导社会进步，确实要科学发展的，顽固的守旧派不成，不与时俱进来经世致用的篡改更不成。

在南京的太祖朱元璋帝后的孝陵和北京的成祖朱棣长陵的陵园里，当年作为绝世独立的遗民，顾炎武会不会和鲁迅一样，定下了思想解放大众的念头。他虽遵嗣母遗命终身不侍清廷，却成了清代朴学开山之祖。颠沛流离亡命江湖之际，犹十谒明陵，孝陵神道这样的景象想来是他内心的坚强支柱之一。

紫金山的孝陵现今仍然葱茏苍莽，天寿山下的十三陵里据亭林先生说的自大红门内苍松翠柏无虑数十万株，自清初就已翦伐殆尽，又经1958年五个多月义务劳动建好十三陵水库。凡修水库，对周边一切水文地质人居林木影响都不在少数，因此争议也是多多。就像三峡，能源确是亟需，但这种复杂巨系统的相关关系也是错综复杂的，难辨因果。和古墓的开掘与保护一样，没把握或没到势不可解的境地时，还是不要动罢。如今的十三陵水库半枯半荣，总神道直通长陵的七孔桥也早已无碧波倒映的景象；在水库中线南眺，天际一线，小楼遥望。

南京孝陵的享殿在咸丰年间毁于太平天国战火，后经同治年重建了小三间的样子，现在也已绿苔遍布。从方城和明楼的格制来看，当不会低于北京长陵的享殿，也就是今天看到被嘉靖皇帝改名的宽九深五的祾恩殿。可长陵的祾恩殿里，只那看得见的十余米高两人都难以合抱的本色楠木柱便有60根，遑论柁檩方橼这些看不见的同样质地的用料了，如今仍有一根木头一层楼的说法。当年工部的官吏役卒，至川贵湖广一带人烟绝少的深山幽谷之中，一去便是十数载，常历瘴疠蛇虎，求之终年难得一木。采木后又需等雨季山洪，顺流而下数千里经长江运河而至通州出水，顺利的也需四五年光景。一路奉之如玉不敢闪失，唯恐漂失连坐。蜀中父老，一闻采木，泪下如雨。比起元季汉人受蒙古人荼毒来，明兴之际的肆用民力，百姓看起来应也是不遑多让。当真是君门如天多隔阻，圣主哪知万民苦。

成熟的政治家比百姓更希望长治久安，换句话就是不会主动作死。有清一代帝王明显经常拿明代帝王的荒唐事来鞭策警醒自己，尽管三山五园也建了不少，但有时还要刻意释放善意讨好汉人。孝陵里面的治隆唐宋碑是康熙三下江南时手书并着曹寅刻字立碑的；除此外还五拜孝陵，行跪九叩大礼。碑身曾断作两截，后由砖石水泥墙固定，而下面的驼碑赑屃也被修复过，看起来比别处的短了一些。看到这么多或华丽或深重的古迹在没有稳定有力政府监督之下都被弄成这个样子，所以每到这样一处地方，都庆幸还能看到这些历尽劫波的历史见证。

不能说暴动的平民没有信仰，生逢乱世无可凭恃，血酬可能才是百姓真正能相信敢相信的定律。暴力最强者至上才是决定规则的规则，血酬便是暴力的报酬。权势者加害承受者的极限取决于权势者的权势和心智，更取决于承受者避祸意愿和能力。当这个动态平衡一旦失稳，便是忍无可忍无须再忍的恐惧和欲望的集体爆发，可能便是这样的摧枯拉朽和砸碎一切。其实，温婉可亲的苏州，当年也有过难以回首的噩梦。今日犹在策马昌平西关的闯王，这个道理懂得多少呢！

长陵之右是朱棣长子朱高炽的献陵。据说朱高炽是个内心温柔俭朴有加的胖子，一如他的陵寝是诸陵之中最朴。和十三陵的大多数一样，献陵也没开放，来时殿门深锁，无人值守，前面石桥成了旅行团的临时休息营地。绕献陵高垣后玉案山，穿东北方向黄泉寺村，攀上村后土丘，回视天寿以西平野山川，壮丽幽远。眼下献陵檐角掩映，远处隐约可辨的，应是裕陵和庆陵吧。

潺潺瑰柏翠

  明陵从南京的孝陵开始，到京城北边的十三陵，在临来前依序转到了孝宗弘治帝祐樘的泰陵，之所以记得这么复杂，是因为年号庙号陵名有时会用同一个字，而且名字里五行生克木火土金水什么的，记起来好不麻烦。所谓孝长献景裕，茂泰康永昭，定庆德思……加上玉泉山的景泰帝陵。虽然路上给徒步的位置留得不多，好在车确实很少，但如果随意在山上的林子里乱走，一是可能碰到传说中的护陵蛇，二则是人迹罕至之地手足并用有时也难以攀越。

  相比之下，美国的野径（trail）文化有一些值得我们借鉴的地方。它可以理解成只供走路、骑车乃至骑马的一条小径、通道以及未铺装道路，不过平时客流量通常很少很少。我所习见的野径，是在密林之中溪流之畔，主要用于徒步之用，有时会像我们景区设计的小路。不同的是，在野径中穿梭时，除了山光潭影间的鸟啼虫鸣，还可以真切感受到对环境保护水土保持的用心。

早听说夏村有若干野径可供探索，但在校园网人事部门推荐的溜达线路里翻来翻去没找到，想来只是午餐后消化食儿之用，算来多是不过千余步。好在在此结识的老随熟悉，一日下午领我去了一趟达顿和法学院后面的北野径。果然人迹稀少松鼠成群，一路沿着溪水走走停停居然就转到了公园体育场。回顾高高低低的所从来径，却是东倒西歪的苍苍横翠微。回头查了下地图，发现还有一条南野径，于是两天后就和随教授一人挂着条棍子在山上迷了路。现在回想起来颇像丐帮没袋弟子，两根棍子则是用来提防山上有人见到过的熊蛇。近处走了几次后，有次交房租时，问收钱的经理老太太杜拉斯（Doulas）还是杜什么来的，据她说Doulas这名字是忧愁的意思。问她近处哪里野径不错，结果她很骄傲地告诉我，此地不远号称螃蟹树（crabtree）的野径甚好，激流飞瀑青山白云。反正是本地的便是最好，只是上了岁数好久没去过，于是说好去后给她讲讲我的所见。

南下29号公路不久，右转沿56号山路盘旋而上，转了两圈找到了隐藏着的路口。近旁需要自助给车买个车位，把几刀塞进信封里，附上车辆信息，撕下能挂在后视镜的下联停车票后，丢进箱子里。这种松散的信任机制倒也符合老美的一贯习惯，比方在教室的黑板边就有一块黑底白字的一段话，号称荣誉誓言Honor Pledge。大意说我保证我考试是靠自己的，做作业是靠我自己的，没有别人帮助我。看起来温吞吞的毫无力度，但后面的授课先生们权柄极重，一旦发现有所违犯，后果很严重。

螃蟹树是一种树，而瑰柏翠是同名的一种化妆品的译名，的确是要比螃蟹树好听些。不过此处并非因为此树得名。在美国立国的第二年，威廉·瑰柏翠（William Crabtree）先生定居于此，故有此称。一路沿着门口的泰河转到野径的起点，就可以看到末端的下瀑布了，整条野径就是沿着瀑布右侧蜿蜒而上，所以一路上都能听得到左边忽远忽近如鸣佩环的潺潺水声。

很久以前记忆力好的时候，第一次读就可以大段背下不知所云的义章，搞得现在回想起来好些文章只知声音不知字形。比如《永州八记》中的这段话："青树翠蔓，蒙络摇缀，参差披拂。"在野径中略加印证，仿佛也懂了当年柳宗元的所见所感。不过说起山水咏歌来，还得说李白的偶像谢灵运，曾自矜道天下才共一石，曹植曹子建独占八斗，自己一斗，剩下的分给古今诸人。牛皮吹得这么山响，可被后人赞颂的名句中，池塘生春草园柳变鸣禽云云，说实话没看出来好在哪里。他的人生极其坎坷而不得善终，政治失意下虽寄情山水，但性格决定命运。教员评价他的一句"进德智所拙、退耕力不任"，就说此人一辈子矛盾，做大官不得，做隐士不愿，最终造反弃市广州。但有趣的是他颇信佛教，死前还把自己的胡须布施给维摩诘菩萨像。

野径中每隔几百步就有一个标志，告知已走和剩余的距离。在走过半个英里后会发现路边有一个类似石洞的建筑可以转转；再过半个多英里有个据说很危险的地方，在官方网站上郑重其事地介绍，整条野径曾有23个人坠下山涧不得生还。不过这1.7个迈

（mile）走过来一派平和景象，与住家边的瑞万那小径和南郊的蒙蒂塞洛小径一样，相向而来的人和和气气，见面也都寒暄两句。

不过老美打招呼，已经和我们当年初学英语时全然不同了，频次最高的就是How is going（近况怎样），刚来时极不适应。而频次最高的回答是I am good（我还好），在国内更是闻所未闻。总觉得这种开放式提问需要认真回答一下，后来才发觉不过就是吃了没的这种用法。人家也不大关心，大致和哈喽是一个意思，你真要说一个我有什么事啥的，通常情况下估计也是耽误彼此时间。

看他们一家游玩，有时也是捏着一把汗。有前跨后背几个婴孩的，有牵着宠物们前后护驾的，有一路穿高跟鞋的，有看得出明显怀孕的，生冷不忌，猛勇无伦。刚来时在市区里，等公交车的时候，初次见到推着婴儿车跑步锻炼的健硕女子飞驰而过时，正值倒时差的阶段，有种在盗梦空间中做梦的感觉。

久负盛名的瀑布，这个季节水量并不大。没有三脚架的支撑，所以也看不到软绵绵般白练的效果，很多人攀到顶上其实也是为了看一看这个景象。山顶上的观景台下有一条半人多高的石墙，也是那不幸的23个大多数的失足坠崖的所在；而所谓观景台，就是一个二三十度的石头斜坡。一家一家三三两两地坐在上面休息，对着无边山色餐风饮露，顺便搞个野餐。上次从十三陵回来经过二坝，看好些个大小孩子们伛偻提携，大盒小筐地带着烧烤架饮料等聚餐，当真是当时白杨陌上，心情正着春游的好兴致。想起当年自己漫天沙尘下，骑车绕着北京三环转下来累得像狗一样的事情，恐怕以后不会再做了罢。

瀑布据说还有一个易筋洗髓的大功用，好多奇侠高僧都跑到裹挟大量负离子的瀑布下修行。我们在好些个影视作品都看过，比如《圣斗士》里紫龙练习的函数调用类绝招升龙霸。日本修验道称之为水垢离，是所谓山伏修行的一种。汹涌奔流的瀑布冲刷全身来洗却污垢，以期精进顿悟，据说对治拖延症有极大的效力，不过代价应该是风湿和关节炎。

在石坡上向天空望去，只见一只如鸟云彩慢悠悠地飘将出来，伴着小径边的潺潺飞瀑，正合无门慧开和此庵守静禅师的两段公案。说水流高低，云出峰峦，都是自然而然的事情，譬喻佛道本现成，不须心外求，终究是要顺其自然。那老太太杜拉斯见到这张照片后也说，这情景最合她心意，让她想起很多事情。

自是：

流水下山非有意，

白云出岫本无心。

人生若得如云水，

铁树开花遍界春。

（释守静《偈二十七首·其一》）

江南三记

一、金陵风月

说起意境,有各种各样的表达,文字上最简洁的表述是名词的堆砌。据统计某音乐人怒而不伤摇而不滚的原因,是采用了孤独自由迷惘生命夜路等等式的高频关键词。偶然发现近代也有一高手,用白马秋风塞北对出了杏花烟雨江南,还被季羡林转引过。好奇查了查,得知居然是大画家徐悲鸿。不过这场景着实让人心向往之,杏花多开在三月,这个时间出游不现实,所以盛夏之际抽得身后乘高铁一路向南而来。

江南含义甚广,但若论代表当首推金陵南京,此地自古文教昌盛,当然这种地方风月也是无俦。金陵十二钗听起来就比燕京十二钗要妩媚得多,在百姓眼中秦淮脂粉硬是要比旁边的皇家考场江南贡院要知名得多，所以我眼中的金陵就应该是这个样子。

江南有四大名园，苏州二，无锡一，南京一。而据说南京的这座瞻园是四园之首。取自北宋一代文宗欧阳修的一句"瞻望玉堂，如在天上"。本是明初魏国公徐达徐家的宅子，后来依次作了清代副省长行署、太平天国东王府、民国省长行署等。历经侵削，峰石徙散，早已无复天上玉堂旧观，新中国成立后由刘敦桢学部委员和叶菊花主持整建成了今天的样子。如果你是新白的粉，会发现瞻园的若干场景在这个神剧中多次出现，白娘子幻化人形和许仙初入白府就是在此拍摄。话说当年每至暑假，当看到仕林居然和碧莲妹妹进了围城，旁边四个人上了天的场景都心如刀割。这固然是在叹息小白娘子的悲剧际遇，更是因为，这预示着假期的结束。

瞻园在南京夫子庙景区的入口，里面有乌衣巷、泮池、照壁、江南贡院、十里秦淮等诸多景致。遥想朱自清和俞平伯当年在泛着暮色的月夜下乘着七板子在蔷薇色的碧阴阴的河水上游玩，回头却一人写了一篇散文就好笑，就像大师兄和二师兄从两个视角每人写了一篇西游随想一样。他们的文章里朱暗示俞放荡欢谑，俞却说朱是个怕热的胖子。阿弥陀佛。

这水道两畔当初勾栏瓦肆，笙歌竟夜，但满目风尘之中却有风骨峥嵘。柳如是与钱谦益，陈圆圆与吴三桂，李香君与侯方域，董小宛与冒辟疆……在乱世颠沛之际，为什么总有这种黑色幽默般的对比让人汗颜，为什么数百年后同样的地方还会上演金陵十三钗这类重复的故事。

同样也不知道为什么街边李太白的八句《登金陵凤凰台》被拦

腿截成了六句，遮遮掩掩地委身于香辣虾和傣妹火锅的旁边，也许传统与现实的关系总是这样吧。路边这位红帽小妹看的，恐怕不会是这首诗，而是自家招牌。过去的就过去，正如恺撒的归恺撒。我们怀念明末风月也正如唐人怀念魏晋风流，不知多久以后，会再有人再来怀念我们的曾经过往。

这里发生过的事情太多太多了，你在这里踏过的每块砖石都有满腹的故事想讲给你，古都的沉淀需要细细品尝，走马灯式的一日游没等心落下来人就走了，现代交通的发达使人们忙忙碌碌毛毛躁躁，静下心来这么简单的事反成奢望。不过既来之，就只想，今夕只可谈风月，不宜及公事。

二、夜入姑苏

自南京一路东南，经常州、无锡，至太湖东，就到了最是红尘中一二等富贵风流之地的苏州。城市的同质化让每座城的气质变得越来越平和单调，所以与山水景区游览不同的是，要体会名城的味道，就要去钢筋水泥和深巷暗影之间去仔细找寻。姑苏的味道不仅蕴藏在山塘松鹤楼的松鼠鳜鱼和响油鳝糊的色香味中、哑巴生煎店前排得一上午才能品到的队伍里、狮子林旁一家不知名小店的最后一碗浓香醇美的牛肉辣粉间，更在舌尖之外的昆曲弹词的声韵，以及亭台轩榭与青石里弄的潮湿空气里。

在这附近只是于城北工业园区边的阳澄湖边匆匆一过，只记得当时在湖边酒肆挥挥蟹螯就了黄酒，而文徵明为之赞叹不已的"信有山林在市城"的苏州园林却未尝得见。按李清照爹爹李格非《洛

波色之美

阳名园记》的说法，从园林的兴衰可以察鉴洛阳的盛衰，而从洛阳的盛衰则可以推知天下的治乱，所以这次直奔园林而来，看看躬逢盛世会是神马景象。来到这里安顿下来天色将晚，左顾右盼半天打不到出租，最后乘了辆人力车才来到素有夜游之名的网师园。

孟京辉说黄昏是他一天中视力最好的时候，其实也有道理，因为这个时候景致最能入画，正如朱雀桥畔的野草，也要夕阳才能照得诗人苍凉满怀。而入夜后借着灯的光和影却有别样的景致，古人国画里描画黑夜是要有明月烘托才成，比如《招仙图》。而网师园月夜下月到风来亭间一众游客肃默无声围湖倾听一管洞箫，不知古人怎样才能留下这样的一幕。

网师夜游的经典节目还有娄阿鼠的《十五贯》、胖师傅的评弹《枫桥夜泊》、古筝《渔舟唱晚》、两位老先生的民俗跳加神等。至今难忘的却是一曲昆曲折子戏，《牡丹亭》中的《游园惊梦》。自数年前在湘潭旧书摊上淘到一本1980年竖排版的《牡丹亭》后，草草一读，只记得《游园惊梦》里的几句："良辰美景奈何天，便赏心乐事谁家院？则为你如花美眷，似水流年。"虽然昆曲的吴侬软语搞三捻七也听不懂，但饰杜丽娘那位演员几句唱词后的那个亮相，惊鸿一瞥，神采夺目，衣毛为起，难以言表。

拙政园即便被删减损裁成了现在这么个小小的院子，但精华气质犹在，确是第一名园，可惜知道的人太多了。芙蓉榭里水泄不通，玉壶冰下济济一堂，遑论静心欣赏各处景致了。也许，只有夜里，才能回到那个意象里的姑苏。

另一个苏州不可不看的景观是奇石冠云峰——整个留园的精

髓，瘦透漏皱不一而足。前园主清代刘恕的儿孙因此石成痴，更是平添佳话。但暑假里确是游客众多，下面人头攒动。另外门口有虞世南写的《演连珠》中一句"臣闻神马"，整座楠木殿的五峰仙馆，以及一幅白云怡意、清泉洗心的石刻可堪观玩。

除了告老归隐的达官巨贾的精美园林，苏州的水乡街肆更能体现本土的味道，让人们流连忘返。北京当年有七个苏州街，分别是沿金水河、御河、昆玉河等两岸的仿苏式市场街巷，一去数里，落英缤纷，杨柳依依。本是乾隆爷为显现孝心以利銮舆游览的建筑，现在可能只有颐和园重建后才留下了一小部。它们的蓝本就是著名的七里山塘。山塘街是唐白居易为便利苏州水路交通，在虎丘和阊门间开凿的七里水巷，自是繁华至今。苏州弹词《三笑》里讲唐伯虎与秋香三笑留情是在虎丘，而随后唐伯虎雇小舟追华府官船至无锡变成华安的故事，就是从山塘开始的。横跨河上的古桥有七座，相传刘伯温曾置七狸以镇风水。这张拍的是沿街商铺的后巷河道，所以看不到桥，不过也算得上安安静静的水乡模样。

这样一个悠游惬意的古城无疑是小资们的最爱。一阵暴雨后，清新潮湿空气的夜里，来到了平江路。猫空的总店就在这里，它不像邮局却给寄信和明信片，不像咖啡馆却在卖咖啡，寄给未来静心想想也并不算是噱头。我想留下一份心愿，写在一张猫的明信片里，给你放在你出生的日子那个格子里，等着你去取。

三、绝色湖山

谁谓西子难描画？

不须汲汲求方家。

三堤烟柳满堤客，

一湖水光半湖霞。

（《自得集·夏末泛西湖》）

离别美轮美奂的苏州园林，一路南下，动车两个小时，就到了被古洋鬼子马可·波罗称为世界上最华贵美丽之城的杭州。如果说苏州以园林显，那么杭州则全然以湖山胜。出地铁凤起路，经孩儿巷，穿武林夜市就来到西湖岸边。

竺可桢认为西湖本为泻湖，也就是浅海湾被潮水裹挟泥沙淤塞而成的湖泊。此类泻湖的宿命多是先沼泽而后陆地，但这里唐宋以降一直由白居易、吴越王、苏东坡、杨孟瑛、李卫等人，率余杭军民进行着沼泽化和去沼泽化的斗争20余次，直到10年前两期湖中吸泥、堆泥围堰、铲斗式疏浚及荷花围栏、长桥溪截淤这一系列国债工程，成就了如今这幅绝色湖山更胜平昔的景象。

沿湖南行，乘电梯登雷峰塔，西眺湖景山色。今日今时的杭州作为最宜居城市，除了民营经济的如日中天，房价也早已到了一线。而如杭州眉目的西湖，周边黄金岸线也遍布会所豪宅，隐隐成为有富人洗脚盆之势，但让卫道士们愤怒的反是盛夏游客们沿堤除袜濯足的那个洗脚盆，更有所谓学者讲想把杭州的房价降下来把西湖填了就行。现在的雷峰塔是在倒掉的砖塔之上修建的。旧塔本与保俶塔南北交映，素有雷峰老衲和保俶美人之称。明嘉靖年间倭贼围城，因疑塔中有伏兵而纵火焚塔，只剩砖石塔芯。后因部分中空塔砖暗藏经书，被讹传为金砖而被盗挖不绝，终于在1924年轰然倒掉。

凭栏远望，湖面上三潭印月、阮墩和湖心亭以西就是一线苏堤，依稀可见六桥横绝，映波锁澜。一路走来，波光潋滟，烟柳醉人，走走停停也要一个时辰。苏堤和白堤交会于孤山北的西泠桥，桥边松柏下的"杨柳风前别有情"的苏小小的墓就在左近，想来"薤边露眼啼痕浅"和"烟花不堪剪"的气氛也该在风雨之夜才感闻得到。

经楼外楼、林苏秋瑾等墓和已经不在了的贾亭，上白堤至东段就踏上了白娘子和许仙相会的断桥。桥下这片西湖红莲和引进的玄武湖红莲臻臻簇簇，水面清圆，十里锦香，倘若再有二三采莲女笑摘荷花共语人就更美了。这片单瓣红莲的荷田与曲院风荷的比起来也只少了几分酒气，但论样式还是当推有着数百品种占地千余亩的圆明园荷田，可惜今年的荷花节，怕是去不了了。

这座集贤亭是在前年毁于台风后重新修葺的，当日午时突降暴雨，亭柱倒塌所幸无人伤亡。映着天际晚霞，湖光染翠，山岚设色，果然有如袁宏道所说，当真在晨昏之际才知西湖浓媚。

匆匆一日，十景也没有看全，更不用说惦念已久的西溪和乌镇，也总觉得春雨如酒的日子来也许会更好，但即便有这样的遗憾，也直教人觉得：未能抛得江南去，一半勾留是此湖。

长夜未央

夜如何其，夜未央，庭燎之光。

走在美轮美奂的西安夜长城上，想到的却是当年的未央。作为古早当年的笔名之一，觉得长乐未央特有古韵，可是偶然一次在某书友会申请表上，顺手草草写上笔名大号，过了段日子后，收到上面有打印版地址姓名的来信，却写着让我难以置信的未夹。但存在就是有理的，既然有了因果的话，那么未夹就未夹吧。今夜未夹走在内低外高小倾角的南门城墙上，身处自隋唐以来就高度重合的皇城城墙的空间中，无边历史从极远暗夜中汹涌袭来，呼吸间都是当年再当年的故事。

自周在沣河东西两岸立镐丰二京后，第一秦汉谱系帝国的秦一统后，于其西北侧渭河北岸的滈河之北，立秦都咸阳为首任帝都；始皇帝崩后咸阳被喑噁叱咤的霸王项羽烧掉后，华夏第二任首都被汉南移一个身位到汉的长安城；而后再经王莽及更始之乱绿林赤眉蜂起后，光武刘秀将第三任首都定在洛阳；而后三国归晋八王之乱五马渡江的数百年间，第四任首都南京建业成了偏安一隅的东晋和南朝小朝廷们的庇护所；及至开皇戡乱，第二隋唐谱系帝国的隋开国文帝杨坚才又将首都辗转迁回长安故地。只是此时古旧破败的汉长安城已难以满足一代英主的眼光，于是东南又开新城以为第五任首都隋唐长安，据《航拍中国》称其方圆是当时欧亚雄城君士坦丁堡的七倍，而自宋元明清以降，由于远离政治枢纽，战乱相较华北江南湖广一带比起来少了很多，老城也在原址上历经修缮而居然能流传至今，这在近代苦难深重的中国的名城史上的确也极为罕见。眼前流光璀璨的周长12公里的城墙，应当就是旧时皇城的城墙。唐末乱世中，军阀韩建为唐昭宗修营大内，结信诸侯，于是弃外郭城与宫城并加固城墙，开始构建西安城墙这座冷兵器时代巨大精密的立体防御体系。可惜的是，尽管韩建世受国恩受封国公太傅，手里还有丹书铁券，但朱全忠杀来时也投了后梁，终究死于非命。

　　长安一向地处中华腹地，北山山脉隔绝了陕北黄土高原的向南扩展，南面则有着修仙圣地终南山和活死人墓的秦岭。这片由渭河冲积而形成的八百里秦川的关中，早先战国时因处东西南北的四处关隘之间而得名。这四关是扼守东西的函谷、崤谷两关和拒敌南北的武关、萧关两关。在《战国策》和中学语文课本节选中无数次出现的地名，本就该配一幅上好的中古地图讲才讲得透，要不当年学得糊里糊涂，只记得鸡鸣狗盗和老子青牛一同出的都是函谷，百里孟明视西乞术和白乙丙在崤谷先败后胜。这四塞环绕之地的千里金城得益于战国时期的郑国渠等一众水利灌溉工程之佑，为始皇帝成就一统天下的霸业奠定了坚实无比的物质基础。

而现存的巍然城墙主要来源于明代的修筑。民间说"汉冢唐塔朱打圈",想来爱筑城的朱元璋也不是没想过定都长安的。估计是北元边患未定时,遣徐达诸将大致沿着内蒙古自治区南部边界重新构筑明长城体系,在沿线为充实皇族宗室力量大举建封,诸王得以驻防边外节制大将。朱棣靖难的故事大家自不陌生,而眼前这座西安城,便是当年秦王封地的遗存。《明太祖实录》说"天下之大,必建藩屏,上卫国家,下安生民,今诸子既长,宜各有爵封,分镇诸国。朕非私其亲,乃遵古先哲王之制,为久安长治之计。"不管这位和尚皇帝怎么文绉绉地措辞,实质上西汉以来清君侧往事流弊依旧,但打下朱家天下的君主既然这么说了,大家还能有的不服么?千年来的宰相制度都敢废掉,何况只是分封自己的子嗣。于是,周汉以来藩王割据之祸又没记性地再来一遍。虽然藩王在制度上不得有封地和臣民,只靠朝廷宗禄和所谓藩府府兵,但长城沿线的北部防御体系中,包括秦王在内的代晋燕宁肃辽诸王哪个都不是善茬;朝廷又想他们能拱卫边防,又想忠心不二不生祸端,哪里有这么好的多目标优化事件发生!不论是只为了自保,还是真的慨然有大志,天子加王子自戍边的布局,终究还是锻炼了小王们的实践军事指挥的才能和觊觎鹿鼎的野心。

明代的西安城城门,纵横近七里,城高十余米,东长乐西安定,南永宁北安远。眼前这座夜色下有着重檐歇山顶的城门就是永宁门的箭楼城楼了,从冷兵器时代的防御体系来讲,已经是第三道防线了。这第一道防线是城外的护城河,第二道则是城外侦察瞭望的谯楼；在墙体笔直箭孔密布的箭楼和正楼之间的，是作为第四道防线面积近万平的瓮城，最后的第五道防线就是正城门的城门楼子了。不过，隋代初建的南门，或者说唐末韩建重建皇城前的南门，却是朱雀门。整个长安城郭，不算大明宫和禁苑，四四方方的单边长也有二十余里，活脱脱一个北京三环的规模。后面山顶万门次第开的离宫，也就对应着如今的三山五园吧！

从外城的明德门开始，一路沿着朱雀大街，左右经过延祚安义光行保宁道德开明永达兰陵崇业靖善安业光福丰乐安仁殖业开化光禄兴道诸坊，就到了与著名的玄武门对应的皇城南门朱雀门了。现在的朱雀门是在1985年翻修城墙时发现的隋唐故朱雀门原址重开的城门。只是先前的朱雀门，与外城明德门和大明宫丹凤门一样的最高规制设五门，现在是再难恢复旧观了。及至唐末，朱温篡唐，废唐哀帝而立后梁，定都于汴河之侧漕运渠边的开封府，也就是第六任首都的东京汴梁，这在当时也是无奈之举。朱温就是前面的朱全忠，也就是五代后梁太祖，先是投王仙芝黄巢，再附唐僖宗，因军功拜汴梁刺史出宣武军节度使，后封梁王，将如今河南一带牢固地控制在手。随后杀入关中，短暂移都洛阳后，弑昭宗立哀宗，再令哀宗禅位而建国号梁。升汴州为开封府以为东都，故唐东都洛阳为西都。从此二线城市开封正式走向台前，五代的梁唐晋汉周之间国都虽然在洛阳和汴梁间屡次更迭，但政治经济中心终究实现了一发而不可收拾地大东迁。

不过，对于一座名城来说这可能是件好事。乱世中被遗忘，会渐渐远离是非中心和兵祸连连。粗略算来长安作为中华枢纽也有千余年的历史，洛阳如果从帝制以来东汉算起也有近千年，汴梁自五代到靖康有三四百年，后来的北京自元明清以来建都七百余年，可见在中央集权下的一座都城，在承载整个国家命脉的同时，负担着大量人口军事政治文化经济等等的重压的时间，总是有个极限的。

西北望长安，可怜无数山。几千年来这里承载过和承载着的东西太多了，就像这次夜游西安路过的湘子庙，就折射着1 000多年前本土文化和外来佛教文化斗争的往事。湘子庙街牌楼上的对联写着："曾是仙乡，玉鼎勘破几朝繁盛；依然形胜，翰苑赋成万卷风云。"据说这里是八仙之一韩湘子的出家之地，也是他当年在比他更有名的叔祖唐代文坛领袖韩愈家里修行所在之地。东汉以来，南北朝至有唐一代，佛教影响力空前绝后。今天佛教八大宗派的八大祖庭中，半数以上在西安附近，比如密宗祖庭兴善寺，净土宗祖庭香积寺，华严宗祖庭华严寺，维识宗祖庭兴教寺，以及律宗祖庭净业寺等。所传播思想与儒道本土思想也产生了剧烈碰撞，韩愈著名的《谏迎佛骨表》陈列弊端言明利害，谏言唐宪宗将佛骨"投诸水火，永绝根本，断天下之疑，绝后代之惑"，即便夕贬潮州，也不失圣明除弊之初心。

虽然个人信仰确属自由，但如果整个社会尤其是精英阶级佛风弥漫佛系横行，一派消极遁世的景象，那么国家和社会的前景确实堪忧，这可能也是盛唐衰亡的重要原因之一吧！终究，人民在一个积极奋发自强不息刚健有为的思想指导之下，才会国家有力量、民族有希望。

比如这次西安之行还去过的西安交通大学，1956年，国家为合理布局全国建设需要,将上海交通大学整体主迁至当时看来"荒凉落后"的西安,改变中国西部高等教育的格局和面貌,也是内地西部大开发棋局的一步先手。"自强首在储才,储才必先兴学",在南洋公学(上海交通大学前身)创始人盛宣怀这一理念激励下,西迁师生从十里洋场辗转来到千年古城,青春报国,一路芳华,无问西东。

上次郭涛作为故事讲述人的节目中,俞察老教授所说的"事业在哪里,爱在哪里,家就在哪里",仔细想来,和百代文宗昌黎先生的"云横秦岭家何在,肯将衰朽惜残年"却是一脉相承,里面的同样的义无反顾九死不悔的精神,在这座时空交错重叠的古城上空交相辉映。正是:

楼倚霜树外,

镜天无一毫。

南山与秋色,

气势两相高。

(杜牧《长安秋望》)

花样花府

鸟鸣声大概从凌晨四点开始的。四五种鸟儿的声音像高高低低的潮水，在将醒的梦里，推着我漂浮在太平洋的船头上。前面油布下伏着花纹斑斓的理查德·派克，伸手去摸它圆圆的耳朵，却感觉是尖尖的，定睛一看却是我的警长。在一个早春的下午搭车买菜回来，双手掂着好些个袋子抬头一看，警长正在头上的楼梯转角眯着眼睛看着夕阳下的我，只叫了它一下，就晃着问号一样的尾巴跟我进了屋子，于是大半年来也算有了个伴儿。可等到空气满是花香的季节，它就从平时游戏吃肉的阳台下纵身跃下，不知所踪。

话说阴历节气与花期有着近乎严格的对应关系，这规律不止管东半球，西半球也是适用。从冬至后的小寒到谷雨的冬春之间八个节气中，依每五天一候又分二十四候，这每一候又应着一种花信，从小寒的梅花到谷雨的牡丹莫不如此。而我，也一直在等最好的时节再去一趟华盛顿。

这大半是因为大概30年前，一生传奇的三毛入美境的时候，移民官员问她为什么来美国。她说，她是来等待华盛顿州的春天。不过她去的城市是西雅图，并不是华盛顿。尽管纽约是在纽约州，华盛顿却并不在华盛顿州，期间远隔万里横跨大陆，但北美春色怕还是此处华盛顿的更为人所知。百余年前，日本东京所赠送给华盛顿3000株樱树，大多植于白宫前方尖碑南侧的潮汐湖畔和波多马克河岸，每年花期不定的樱花节都引来如织游人。由于素来有樱花七日之称，花期不是很长，又兼气候雨雪不定，所以短期出国很难赶上花期。于是定好日子，安排四月初的一天，和几位同事从夏村驾车北上去久违的DC。

夏村在华府西南，地气的确是要暖些。我居所西边有一排花树，夏天碧绿一片遮天蔽日，直到今年花期临了，才看出是些单樱和双樱，里面几株八重樱开起来最是灿烂。花期间一天天黄昏时转过来下面走走，看着慢慢地花开花落，一瓣瓣地越来越稀疏，自然也会"感时抚事增惋伤"。其实比起晏殊"无可奈何花落去"的说法，"散"这个词感觉用来形容樱花会更贴切些。一如佐田雅志的樱散中所说，桜散る、桜散る、もう君が見えないほど。

西苑花色淡转浓，

飘飏无心借春风。

我怜楼外骤雨至，

明日不知樱几重。

《自得集·落樱》

当天,从住处的十一街走到白宫前面,左转越过草坪就远远见到华盛顿纪念碑(方尖碑)了。在刚刚盛开的樱花掩映下,显得阴阴的天气也没那么压抑。上次来时方尖碑还在施工,从林肯纪念堂向下望去,黑幛子团团围住的尖碑只露了上半身,依稀是《阿甘正传》里的旧模样。当年很不明白奥斯卡越过《肖申克的救赎》而将最佳影片颁给了《阿甘正传》,而在美国这段时间和形形色色的美国人接触,尤其和在"女雷锋"克里斯(Chris)家几次酒后闲谈后,现下也觉得有点理解了。这是因为:美国人他也讲情怀。总是穿着蓝色大格子衬衫的阿甘,实际上承载着二十世纪六七十年代美国人的集体回忆,越战、大麻、猫王、三K党、乒乓球、阿波罗、水门事件、约翰·列侬,漫无目的地奔跑,重情重义地对待珍妮。这是1994年的美国人对几十年前纯真年代的回忆和情怀,看起来是替这个智商75的孩子作的反智宣传,实际上却是对你我小人物们如羽毛随风飘荡命运的探讨和回味,而这些味道,都藏在阿甘怀里那盒巧克力之中。

方尖碑的起源是在埃及,尖顶也正像金字塔,感觉像是华表一类的地标性建筑,在古代埃及也是成对置于神庙两侧。西方人对这物件有着难以理解的痴迷和狂热,古罗马从古埃及掠夺了十余座,近代二战初期意大利还从埃塞俄比亚顺走了一座阿克苏姆方尖碑戳在竞技场前,直到2008年才通过不懈追讨物归原主。也有正面一点的例子，法国协和广场上的方尖碑，是为感谢破译罗塞塔石碑（Rosette Stone）上的古埃及象形文字的商博良（Champollion），而在1831年由埃及国王赠给法国国王路易·菲利普的。这一座憨豆先生在度假的时候也是路过过的。

此处学校的墓地里除了一座青铜人像外，最高的也是一座方尖碑。我在住处半年后才发现，离卧室空间距离不足10米，就有一个南北战争时期的老兵家族墓地，最高那个也是一尖碑。阿弥陀佛。

沿着潮汐湖顺时针转过来，隔着水面就能够看到一座通透的罗马神殿式圆顶建筑，这座杰弗逊纪念堂由波普和他的合作者们设计建造。与直面国会端坐着的林肯相似，近6米高的杰弗逊像是站着看着白宫，像是在盯着纸牌屋里的后生小子们好好干。

樱花，在植物学上属于蔷薇科李属樱亚属。《樱大鉴》上说起源于喜马拉雅地区，大都源于大岛樱、霞樱、山樱花、大叶早樱和钟花樱桃几个种属。国内看樱花的去处，名气大的有武汉大学、西安交通大学和东南大学等诸高校，还有北京玉渊潭、旅顺龙王塘和杭州太子湾。在美国如果误了潮汐湖的花期，在华府近处北边马里兰州，还有一处称为肯伍德（Kenwood）的社区，同样的吉野樱要比潮汐湖晚上个把礼拜，但也是游人不绝的。

春寒料峭吹人醒，微冷。这个季节过来，薄外套是要的，旅游鞋是要的，高热量零食也是要的。樱花节活动说来很多，有风筝、烟花和大游行等，当日只看到个草台班子上几个饶舌歌手的几首歌曲，冷冷清清的舞台。然而后面的快餐摊儿却是挤得走不过去，连带着树边的松鼠也活跃非常。

是的，松鼠是可以吃的，就像松鼠派也确实是用松鼠肉做的，《荒野求生》这片子里也有陷阱制作方法，可以对付这里漫山遍野的小动物。上次去苏州松鹤楼，还点过一道菜叫松鼠鳜鱼，老师傅刀工精湛，将一尾鱼加工成松鼠的样子，鲜甜脆嫩，食之忘俗。

次日上午因为要躲开华盛顿的晚高峰，只转了半边的史密森尼艺术博物馆，好在找到了当年的心中女神利比亚女巫（Libyan Sibyl）。这是美国雕塑家威廉·韦特摩尔·司道瑞（William Wetmore Story）于1861年至1869年完成的作品，他也参与过方尖碑的设计。这个希腊主神宙斯女儿被当年的司道瑞用来表达南北战争的废奴时代呼声。她左手持神谕，头顶耶和华Yhwh的菊石贝小帽，佩戴所罗门封印的项链，右手支颐沉思，气势不凡。比起现在不负责任的男神女神满天飞来，真正的神端的还是要看从容气度和内在神性的。

又是匆匆离别华盛顿，下午还是堵了两小时，还赶上了一阵骤雨，也看到了雨中的敞篷跑车的狼狈模样。可是，不管怎样，花期过了，也该回了，也该回家了。

再会吧，蔚蓝天空中划过的孤独航线。

再会吧，山上如火晚霞里裁剪出的苍翠密林。

再会吧，罗曼会议室内飘着比萨香味的午间例会。

再会吧，优海灯火下守规则和不守规则的拖拉机手们。

Farewell。

荔港小镇

今年的夏天结束了。

就像刘若英所唱的那样:"我从春天走来,你在秋天说要分开。"虽然北京的秋天清爽灿烂但短得让人惋惜,和世上好多事是一样一样的,但该记得的总会记得,就像当年有次大学生电影节上。仍然记得正当春季沙尘暴时节,满头满脸尘土的西操场上,骑在红蓝相间的山地自行车上挤在露天银幕前人群中,乱哄哄地看着谢飞导演的《黑骏马》。里面腾格尔罕见出场,扮作里面的白音宝力高。少年先是外出学兽医,在出草原前,按奶奶意愿和索米雅定亲,四年回来后却悲伤离去,十年后成为歌手再次回到这伤感的故乡。得知索米雅这些年的幸运和不幸经历后,历历往事和魔幻现实让这个年纪的他和被露天银幕映得面庞发白的我和同学们百感交集。从草原纵贯万里跨过海峡来到台湾,几乎同一时期,罗大佑

荔港小镇

《之乎者也》专辑里的一首歌《鹿港小镇》，也呐喊着这样一个故事："……假如你先生来自鹿港小镇，请问你是否见过我的爱人。想当年我离家时她已十八，有一颗善良的心和一卷长发……岁月掩不住爹娘纯朴的笑容，梦中的姑娘依然长发盈空……归不到的家园鹿港的小镇，当年离家的年轻人……"

话说回来，我认为罗大佑最打动人的歌曲，却是《滚滚红尘》，当年在朝阳门南小街对着南竹竿胡同时被偶然问到，想都没想就答了这首歌。不是问着永远是什么的《恋曲1980》，不是轰隆隆的雷雨声里的《恋曲1990》，更不是学了很久的追问传情是否有这种说法的《恋曲2000》，也不是《你的样子》和《光阴的故事》，就是这首《滚滚红尘》。前两天微信聊天时，刚好有位同学也极喜欢这首歌。里面说，数十载的人世间，万事皆是来易来去难去。在传唱最多的一个版本里，陈淑桦的空灵嗓音和罗大佑理性破锣调相辅相成，确属绝配，连三毛也为这个严浩导演的同名电影写了生平唯一一部电影剧本。电影里面是由林青霞和秦汉配的戏，但影射的确是张爱玲和胡兰成的糟心故事。最终里面的韶华和能才也是分隔海峡两岸，终身不复相见，只留下一部名字叫作《白玉兰》的小说让人枉自嗟叹。就像，就像发生在吴宇森导演的驶向基隆却又倾覆的《太平轮》的故事。

有人让我写篇关于情感的游记，虽然说不大好，但既有要求不妨姑且一试。那么这次，我来到这个同样见证过海峡分离的地方，一个叫作荔港的小地方就作为一个载体吧。和很多故事一样，开始的开始一切都很美，就像一塔湖图，可最后的最后，好多都成了真正的一塌糊涂。在去小镇的那天早晨，已经很难晚起的我在湖边转来转去，只为看这每日忙碌生活中，变得很难看到的水天一色、山塔相峙的景致。

这座荔港，并不是台湾的鹿港，而是浙江宁波的一个天然良港，现在叫作石浦。在台湾，现在也有一个小石浦村，虽然名字叫作富岗新村，但在乱世时被蒋经国借美国第七舰队和国民党特混舰队，将浙江此处的石浦村的93户487名村民，连同如意娘娘的神像，整村地被义无反顾而摧家毁舍地迁移复制到有着著名绿岛之称的台东县。期间也许也有着自己的沈韶华和章能才般分分合合的故事吧。

浦，是说河流入海处或者水边。石浦，取的是此处溪流入海处，山岩直逼海中之意。来到这里，出乎意料地知道，早期著名的电影《渔光曲》就是在这个地方拍摄的。《渔光曲》出过小人书，封面有个少女摇橹的景象，是我学前朦朦胧胧识字很少时唯一看过也哭过的一本。只记得当时莫名其妙地看不懂，却感觉憋屈异常。

上海联华影业公司出品的影片《渔光曲》里，渔家双胞胎子女小猴小猫和东家何大户的少爷子英一起长大但命运迥异，二人继承家业捕鱼却敌不过渔业公司。子英出国后二人带着失明的母亲流落上海，却只能投奔舅舅去街头卖唱，子英巧遇他俩好心给点钱却被诬陷入狱。出狱后家里火灾母亲舅舅不幸遇难，而子英父亲又破产自杀。三个小伙伴相约捕鱼但小猴却又遭遇不幸。电影结束时王人美饰演的小猫眼含泪水缓缓唱起悠长的《渔光曲》，小猴眼睛逐渐失神，子英摘下白色的军官帽，随后镜头转向周边水光山色。看电影时原本还期盼子英和小猫的爱情故事，但此情此景让人糟心得很，果然大时代下的人们只能随波逐流啊。

古街小巷总有相似的地方，一条深深的街道，两侧高高的屋檐，三四个行人脚步匆匆，五六个孩童好奇地看着外边一身风尘的异乡人。在磁器口泛着毛血旺香气的巷子，在南京路的晾满衣服竹竿下的弄堂，在天桥侧面叫卖声此起彼伏的胡同，在每个人的故乡都会有这样的景象吧。不同的是，过了若干年总会不一样，成了每个在外浪荡游子们归不去的家园。

在这座古镇中，时间看起来像是静止一般，看起来千百年来毫无变化，可是当你走近便会听到冰箱静静的轰鸣之声。每家临街旺铺都在兜售纪念品，和全国各地的小商品毫无二致。

戴望舒眼里结着愁怨的寂寥《雨巷》，郑愁予达达马蹄下的"恰若青石街道向晚"中的《错误》，意向里和这里似乎是一模一样，甚至以前还能把这两首弄混。不过，这两位大神的名字和人生轨迹是完完全全反转。望舒而不舒，愁予实不愁。戴性格内向冲动，动不动对恋人爱人们跳楼寻死觅活地相挟相求，到手后冷漠对待激情不再，乃至爱书甚于爱人，看起来就是活活的自作孽。而郑则身心健康得多，前几年还见到陪夫人余梅芳回随州省亲的报道，当时算来已有八十多岁了吧。与《错误》里的青石意象不同。他还有一首叫作《情妇》的诗作里也有一座青石小城，里面那位蓝衫郎君比挥挥衣袖的徐志摩都要潇洒冷酷：

在一青石的小城，住着我的情妇

而我什么也不留给她

只留一畦金线菊，和一个高高的窗口

或许，透一点长空的寂寥进来

或许，而金线菊是善等待的

我想，寂寥与等待，对妇人是好的

所以，我去，总穿一袭蓝衫子

我要她感觉，那是季节，或

候鸟的来临

因我不是常常回家的那种人

高下立判的不是？

滚滚红尘中的众生相啊，每个人都深深嵌入在这世界里。正如没人能是一座孤岛，别人经受的我必将经受，别人的喜怒窘穷也会是我将经历的喜怒窘穷，别人的怨恨思慕也将会是我的怨恨思慕。不同只在那个我是谁，那个人是谁，那些人是谁，发生在哪个时间，这也就是另一种的所谓他人即地狱吧。说《金刚经》的精髓，就是破除这些问题里的我相人相众生相和寿者相，方得脱离六道轮回。否则一着四相，便动无明，你看高明洒脱如苏东坡，也会被佛印气得八风吹不动，一屁过江来。

可即便过江，也要分此岸和彼岸，也要靠自己的修行来度过。或处此岸边，或初离此岸，或彼岸在望，或既达彼岸。不同状态时众生心态不同，修行程度自也不同，三心二意不成，住相执着也是不对。专心按法门划船渡江，诸相自然就不会思量过多。此时众生都无，自然无我，彼岸自然就到了。万事一理，情感自也如此。戴望舒是住相执着，郑愁予的诗歌里虽说三心二意的，但人家自己确实个长情的人，仍然记得媳妇家门深柳枝垂的巷子和犹搁案头未粘好的风筝。在这事上，戴没过得江来，郑却过得轻轻松松。

此地值得一看的，绕过高高的窗口下悬着金线菊的海螺花墙，还有一座曾与郑和同下西洋的俞士吉的侍郎府。俞士吉号称"谀之不喜，犯之不怒，伟度洪量汪如"，简直就是个破除四相圆成大道的达人。

要之，不动气不生无明，姑妄谈之，便是关于情感问题的一个通解，这个道理真正有多少人懂得呢！至于与诸位看官切身相关的特解，则是众生众解了，其间的函数关系的映射，也许是泰戈尔笔下翱翔天际的飞鸟和深潜海底的鱼，也许是远隔千山万水的齐齐哈尔与海口，也许是朝朝暮暮间的上海滩与苏州城，也许是20年来的青城与京城，也许，也是听起来差不多的此处荔港与鹿港。

俱生烦恼

  在这年夏天的一个沉静、阴郁、寂寥的白日，天上浓云密布。整整一个上午经过一大片乡间小路后，直到阴阴的中午时分，终于见到了这座让"夏洛特烦恼"异常的阴沉城市的寥寥几座都市大厦。时间转眼已经过去了几个月，但当时阴云密布下那座城市的样子，仍像在眼前一般牢牢地定格在记忆里，就像播放影片时暂停下截得的一帧图片一样清晰。

  这样的日子，和今天北京下过秋雨的黄昏也很像，虽说摩天大楼少了些，但总会给无线分辨率的真实世界一些适当的美感，滤掉让人分心的细节。那么，这种景象和做事做人也是一样，想得到100分对应的非常细节和追求细节付出的精力和努力，往往比90分的多出数倍，而不是10/9的级别，稍微模糊一点反而会皆大欢喜。不是么？否则怕是会自寻烦恼。真实世界的系统往往也是具有无穷阶的，很多高阶对于大多数生性迟钝的普罗大众来说没什么意义，甚至牛顿定律也告诉我们二阶就够用了。知道加速度就能解释很多个眼前困扰人类多年的自然现象。当截断时应截断，截止误差分析一下控制误差范围即可。否则做的人不胜其烦，看得人心不在焉。就像《红玫瑰与白玫瑰》里的那句唱词："得不到的永远在骚动，被偏爱的有恃无恐。"

自打被《开心麻花》的不正常断句干扰后，"理查德姑妈"和"夏洛特烦恼"这种人为造出意向的二义性言语也旁生枝节。好好的夏洛特大都市，也变得和烦恼直接挂钩；好端端的话剧，怎么一进他们的剧场就变得不正经起来？电影电视的规模化普及，让欣赏表演唾手可得，也就少了几分恭敬与正式。毕竟，能喊卡（cut）无数次的光影记录好像也不如一锤子买卖随时像是可能出错的话剧歌剧来的庄重。体现作为戏剧核心的冲突的形式水平无疑能体现剧作家的阅历和老辣程度，每次看剧时就在等待着出人意料却又情理之中的偷天反转。但在等待的这个历程之中心里的折磨和恼闷，有时放大到每个观众的内心深处以及映射到现实世界中的外化，却又变得灰蒙蒙冷冰冰地无比真实。只是令人沮丧的是，剧情中的反转在现实却难得出现，不论你心里有多么知道自己确定无疑是自己这出戏里没有光环的主角。

抱惑而生，与之偕老；随逐无明，莫非烦恼。这个地方也许不会再次过去，但有些地方，是绕也绕不过去的，总是会一而再而三地故地重游。不同时间轴上同一空间位置发生的事情，总会在回忆里撞在一起。话说所谓多维空间里时空并列，其实也都知道时间和位置坐标还是很不一样的。作为衡量运动快慢的度量，与欧几里得空间完全不是一个体系里的，换句话说，更高维度的时空更加准确些吧。不如将欧几里得空间转换到闵可夫斯基空间，将时间轴代表的与空间维度相似的维度看作真实空间的虚部，而后再与光速相乘得到ict，那么得到的类空间轴与xyz实体空间结合，构建出的斯基世界，则可作为我们缅怀的场景再现的理论依据。回到过去，尽归虚妄的虚部，故曰一切有为法。在梦幻泡影的在虚部体现，实部所见所闻，蛊惑人心迷乱神智，真人不为。

所以我们有无意识之间，都会把一切交给时间。任何的情绪激荡爱恨难平之际，站在类空间轴上仰头一望，也不过是个能量耗散和衰减的过程，终将可被指数函数拟合地归于无形，此正对着所谓逝者如斯夫。但这个闵可夫斯基空间有些性质却非常有趣：譬如平面的一个三角形，在四维时空中可以任意转动，并保持三角形特征。但类空间维度的虚部是进不去的，大致对应现实世界是说，某个时刻，或某段时刻，事儿呢还是那个事，但人的心绪感情却可能在从不同角度看待此事，感觉确实迥然不容，像是苏东坡说的"横看成岭侧成峰"，更像是李清照的"物是人非事事休"。

一个常见进入平行时空的方式是做梦，不过这个过程可能只涉及信息的交换而无物质的作用，因为大脑在梦中是很难分辨真实虚妄的。在漫长进化中我们为防止身体追随大脑作出应激反应，在梦中除了忙着REM的眼球外身体就会交由脊椎控制，强制身体麻痹不动。有研究说这种机制正是我们梦中感觉身体迟缓笨重的原因。

人生若梦，无所着相。凡所有相，皆是虚妄。看起来像是绕口令，但你回头想想，自己的念头或是杂念，哪一刻不是如野马尘埃一般地毫不停息；即便专心做事时一时压抑住，但夜深人静后或者自求禅定时，又会满头满脑的善恶交替正邪战争，彻悟而不生杂念哪里有那么容易的？《礼记》说慎独，和佛道的心斋坐忘说的可能是一回事。每个人提升自己修为和素质的过程，都是一个交错着阅历的累积和知识的沉淀的漫长过程。动心忍性，格物致知，明心见性是不同克制妄念，实现心底光明以致良知的途径。

在杂念多多的年少时，每到妄念丛生之际，为向陆象山王阳明等一众先贤致敬，常常到处找适合午睡的树林河畔，或是紫竹院春笋初生的竹林，或是昆玉河柳枝摇曳的岸边。这次么在夏洛特，找到北卡大学的一处植物园，大片大片的深深浅浅的油绿叶子下，正合做个好梦。罗大佑有首《牧童》，说牛背上的牧童，敞开你的胸扉，三月的苍茫，掩不住你树影下菊色的梦。看来是过这样的生活阅历，因为阳光映射下闭上眼睛，是能透过眼睑肌肉血管看到红橙色的背景的。

开会时有天中午遇到前些年帮带过的研究生gen，说他的导师也来夏洛特，还带了个台湾女研究生跟过来，难得遇见故知们就请吃饭聚一下。去碰运气找中餐馆，看到一家名叫红姜（red ginger）的牌子，下面大大的铁板烧（hibachi）招牌。一席闲谈不讲，只说说铁板烧的师傅，看起来满脸胡子，有点像《天龙八部》黄日华版里的段延庆，不过实际上年轻得多，一路表演纯熟无比，中间还变了个魔术，看得一众歪果仁们眉开眼笑。

炒好饭后给我时，以为是日本人就说了句表示谢谢的ありが

とう，结果他停了一下说了句qu-ni-zi？qu-ni-zi？傻在那里一会儿。台湾小姑娘猜出说的是中国人。中国人？Chinese？相顾大笑。问哪里来的？说"胡建"（福建）。怎么在日本料理店呢？说都是中国老板，本来在别家店，这边缺人就来了。说自己没念书就跟老乡来美国，英语也还没练好，自己的小孩一定还要好好学汉语再学英语才行。问我们从哪里来，说北京说重庆说台北。问常住吗，说只是开会几天就走了。然后他说，祝我们好运，让小孩也多读书不要做这个。直到现在，我还记得他那时窗外阳光照射和烧烤台上瞳瞳火光中的剪影，以及满口闽南乡音里的惋惜之情。

出来的路上，和gen与台湾的小姑娘聊天。问他们想不想会不会留在美国，说得看毕业时的情况，应该还得有几年的好奋斗。台湾小姑娘想得多些，说男生和女生还是不一样，女生的烦恼是赶紧毕业，然后结婚生孩子生孩子……说他哥哥在台北也面临着毕业后买房结婚什么的。海峡两岸的城市和大龄童年少年青年中年壮年老年际遇大抵相通。比如刚翻过的李敖80岁写的风流自传，充满了戏剧性的一生冲突短故事，像是回到我们的民国剧的加强版里。可是，通篇看来他好像没什么烦恼，自传封面也是得意的招牌笑容，旁边两行小字：

要想佩服谁，我就照镜子。

安心竟处

北京城其实也是一座大得不得了的城市。大到交通广播台说路况时，都有个专用词叫作"线圈图"。从有筒子河的皇城和内城外城护城河的二环，向外一圈圈地分出三环四环五环六环乃至传说中的七环，大清早儿大雪广播里说东南部的高速大雪纷飞逐渐封路，可一个时辰后才飘过来北面。当年明朝皇帝天寿山麓这片吉壤祭陵来时，50公里的路也要前扑后拥走上两天，中间过了现今的西三旗回龙观，到了沙河镇边的巩华城行宫也要歇上一歇。清朝的皇帝们从白山黑水来到紫禁城，受不了拘束的他们也总乐意往北跑。远的承德不说，康熙在北五环里修了个畅春园；然后四阿哥在北边修了个牡丹台，也就是现在的圆明园；嘉庆又造了长春园和绮春园；再往后是乾隆爷修的清漪园，也就是现在的颐和园了。那怎么过去方便哩？

想来陆路总不如水路舒服些，顶好的石板路上路面不平度也是不如水波的平稳顺溜。早在元代，习知水利且巧思绝人的郭守敬就引过白浮诸泉水，经高粱河坝河瓮山泊及玉泉诸水入积水潭。去离宫别苑自然可以从上面动些脑筋，老佛爷们出西直门过高粱桥，经广通寺极乐寺和白石桥，经紫竹院水系，过广源闸桥停经万寿寺。此处如果去颐和园呢？沿长河水路继续过麦庄桥长春桥火器营，过秀漪桥口进南如意门，就进了有明一代称为西湖的昆明湖了；如果沿陆路，一路北上苏州桥，就直通到圆明园了。

　　本来，北京也是华北平原上大得不得了的水城，这大半是因为无定河，也就是现在的永定河的缘故。先前的无定河飘忽不定，亿万年来冲刷出华北大平原来。河道先是经瓮山泊也就是昆明湖入清河走北运河入海，后南移经八宝山经紫竹院积水潭，走坝河入北运河入海，再后逐渐形成现在的河道，地势低洼而得名海淀自也是河道行经此处的遗迹。这也造就的北京城河网纵横泉眼密布，比方近旁的玉泉山和万泉庄，还有遍布京城叫作满井的地名。满井么，说的是根据伯努利方程，井内水面可被压至井口。明代袁宏道还写过著名的《满井游记》，那处满井则是在东直门外。当年冬末春初，高柳夹堤冰皮始解之际，风力虽劲却徒步汗出和现在的气象也是相像，不同的是不知郊田之外有春的城居者们都搬了出来，地下水也抽得北京老城成了个漏斗，再难复旧观。

　　有个周三中午，在漫天雾霾之下，和哥们儿吃过麻辣脑花儿暖洋洋一身汗后，就逛来逛去走到了这个皇家出游分岔路口的万寿寺。门口晃了两下，保安小哥儿就问是不是要进去参观，还特憨厚地道了声说，免票，就现在。好啊，然后望了望门口蓝底金字的敕建护国万寿寺，于是，这十几年来就头一次跨进了这座路过无数次的古寺，只是忘记了先迈哪条腿。

这座万寿寺初建于唐，明万历年间，大太监冯保督建时改名万寿寺，张居正奉诏撰文称及其宏丽几等大内皇城。在当年，如今人来人往竹影婆娑的紫竹院就已是万寿寺的下院了。及至清代，尤其是经过乾隆和慈禧两位传奇最喜的人物的历次增加建制，终成当前格局。这些，是宣传材料的物化的万寿寺，然而真正让我记住这个名字的，却是王小波的小说。就像法源寺，是靠李敖的小说让人记住一个样。

初见王小波的书是在旧书摊上，就是那种五块十块厚厚一本，运气好的时候会没有错字的版本。那时没有意识地买了印着一个金属人形的蓝白相间的封面一本全集，回去看了一下午加半夜就知道是捡了块宝。先翻了翻《绿毛水怪》，然后就是《黄金时代》《革命时期的爱情》《似水流年》《红拂夜奔》……话说回来，自打过了看武侠的年代后很少有这样的读书印象了，除了有一本石康的《晃晃悠悠》。

《万寿寺》里的王二和以往的啼笑皆非的奇幻有趣故事不一样的是，主人公王二因为失忆，开始搞起了哲学。问起自己的我是谁，看起来是档案体制中那个万年讲师，和同事上司们一起在万寿寺的小房子里编写历史。话说中国人每天在拍历史剧而美国人喜欢拍科幻剧，原因约莫是中国人想不出未来，而美国人想不出历史。

然而，丧失记忆的王二却感觉无比开心，能做自己想做的研究选择自己想要的生活,不去管套在档案里那个王二身上的无形枷锁。换句他的话说,就是丧失记忆而不自知,那才是人生最快乐的时光。可惜的是,最后这个失忆的幸福王二还是恢复了记忆,不得不再次登上原先的生活轨迹,一切也在无可避免地走向庸俗。当年看完这本厚厚的盗版书后,情难自制傻帽儿一般地在那本书封二上写了句小波名言:一个人拥有此生此世是不够的,他应该拥有诗意的世界。

院子里一派寂寞空庭的景象,满地黄叶,罕有人来。这片银杏掩映下据传万历皇帝曾在此用膳的假山,说是象征着普陀峨眉清凉三山,不过据记载:"……又后为石山,山之上为观音像,下为禅堂、文殊、普贤殿。山前为池三,后为亭池各一……"现在建筑大半不复旧观,估计是以讹传讹成了如今的样子。所谓三山里面的普陀,梵语里便是觉悟者佛的意思,有时也称为菩提,有时也称为布达拉。

转过假山就能找到内藏铜塔的无量寿佛殿。《大唐西域记》里随处可见的窣堵波,梵文是stupa,我们后来叫作塔或者浮屠,本意却不过是坟冢的意思。东汉明帝白马东来以后,外来的塔与中国本土楼阁建筑技术迅速融合,乃至所谓南朝四百八十寺,到处都是各式各样的佛塔。此处十三级渗金铜塔高约5米,地下是常见的须弥式塔座,中间仿木塔结构的密檐塔身,顶上塔刹尖看不到,说是宝珠顶的样式。

一个人来这里时,绕着塔身走几圈也还总觉得瘆得慌。当年网购刚刚兴起,凑巧在现在早已消失的263上淘到一本《稼轩词编年笺注》，里面一首《沁园春》却是应景：

老子平生，笑尽人间，儿女怨恩。

况白头能几，定应独往，青云得意，见说长存。

抖擞衣冠，怜渠无恙，合挂当年神武门。

都如梦，算能争几许，鸡晓钟昏。

但心无有新冤。

况抱瓮年来自灌园。

但凄凉顾影，频悲往事，殷勤对佛，欲问前因。

却怕青山，也妨贤路，休斗尊前见在身。

山中友，试高吟楚些，重与招魂。

可前因终究有些是永远不可得的，种了的因有时因为时间有时因为空间，有时因为心境有时因为外物，会异化出各种各样的果。这些结果与种因的初衷大抵也很难一致，由此让人心乱如麻，凡人为求心安往往求助释道两家的出家人，那么出家人自己的心不安怎么办？

二祖神光断臂求法后改名慧可，一日问达摩："诸佛法印，可得闻乎？"达摩说："诸佛法印，匪从人得。"慧可闻言茫然，道："我心未宁，乞师与安。"达摩道："将心来，与汝安。"慧可沉吟良久道："觅心了不可得。"达摩道："吾与汝安心竟。"

那么这个"安心竟",取的便是这段公案吧。

可见,此心本来清净无碍,实在没有安与不安一说,只因妄想一起,便欲强求自身屈从妄想,最终活生生地变成了臆想中的安与不安。二祖对心境的修行,走的是红尘炼心的路数。说他变易形仪,随宜说法,或入诸酒肆,或过于屠门,或习街谈,或随厮役,一音演畅,四众皈依。有人问他作为出家人,出入这种地方合适么?他回答:"我自调心,何关汝事!"且不说这传教精神有多可嘉,这谈空说有的哲学家气度也很动人不是?

现在的万寿寺也就这么大了,可在有清一代,尤其在乾隆朝,万寿寺作为去往圆明园的重要行宫驻跸处所数度扩建。碑文有载,号称广源闸西,万寿寺实为之冠。宏畅深静,规制壮丽……甚至到慈禧六十寿诞,国库吃紧而修缮圆明园之时,也捎带着万寿寺一块拾掇了一下。出得万寿寺来,沿长河水系西北昆玉河而去,就能见到前面提到的秀漪桥了。

如果嫌走路太累,在紫竹院北门处还可以买船票,沿当年皇帝佛爷们的御道水路迤逦而去,紫竹院公园—紫御湾码头—广源闸—万寿寺—麦钟桥—长河闸—长河湾码头—长河桥—颐和园。不过,春秋之际,在没有雾霾的晴朗天气里,何不借着"安心竟"的由头走走试试!

俱生烦恼